Wilfried Besser

AF281360

Alles nicht so einfach

Aber einfach kann ja jeder

Geschichten mitten aus dem Leben

Wilfried Besser

ALLES NICHT SO EINFACH

Aber einfach kann ja jeder

Geschichten mitten aus dem Leben

Bibliografische Information der Deutschen Nationalbibliothek:
Die Deutsche Nationalbibliothek verzeichnet diese Publikation in der
Deutschen Nationalbibliografie; detaillierte bibliografische Daten sind
im Internet über http://dnd.dnd.de abrufbar.

Titelfoto: Wilfried Besser
Der Angler ist ein Objekt des Langeooger Inselmalers Anselm Prester
(www.atelier-am-meer-langeoog.de) und trägt den Titel *Burlala* nach
einem Lied der Sängerin Lale Andersen (1905 bis 1972), die u.a. Lili
Marleen gesungen und auf dem Dünenfriedhof Langeoog ihre letzte
Ruhestätte gefunden hat.

Verlag: BoD · Books on Demand GmbH,
In de Tarpen 42, 22848 Norderstedt
Druck: Libri Plureos GmbH, Friedensallee 273, 22763 Hamburg

ISBN: 978-3-7583-5054-2

Inhalt

Alles nicht so einfach

Bekanntermaßen behauptet der allwissende Volksmund, aller guten Dinge seien drei. Und so lag es nahe, den beiden ersten Büchern mit satirischen und seltsamen Geschichten ein drittes folgen zu lassen. Ob das jetzt ein gutes geworden ist, entscheiden selbstverständlich Sie. Obwohl, wenn ich Sie wäre, dann wüsste ich ... Mein Gott, was rede ich da? Schließlich liegt es mir definitiv fern, Sie in irgendeiner Form beeinflussen zu wollen.

Bleiben wir lieber bei den Fakten: 40 Texte von A wie „Allzu viel ist ungesund" bis W wie „Was du nicht sagst", denn eine Geschichte, deren Titel mit „Z" anfängt, gibt es in diesem Buch nicht. 40 Texte, die oft auf persönlichen Erlebnissen beruhen. Wie gesagt, oft, aber bei weitem nicht immer. Denn was wäre ein Autor ohne seine dichterische Freiheit? Genau, nur ein schnöder Chronist. Also habe ich immer auch wieder meine Fantasie bemüht, wobei ich gestehen muss, dass diese ab und an schon mal mit mir durchgegangen ist.

Darum kann an dieser Stelle der Hinweis nicht schaden, dass Ähnlichkeiten mit lebenden (aber auch toten) Personen selbstverständlich nicht beabsichtigt und somit höchstens zufälliger Natur sind. Sollten Sie sich allerdings in der einen oder anderen Geschichte wiederfinden, also, meine Schuld ist es nicht! Es ist eher ein Beweis dafür, dass wir alle häufig im gleichen Boot sitzen. Und deshalb wissen, dass im Leben vieles nicht so einfach ist. Aber mal ganz unter uns: Einfach kann doch irgendwie jeder, oder? Lassen Sie uns deshalb die gestellten Herausforderungen annehmen. Ich bin überzeugt, alles wird gut! Man muss nur dran glauben.

In diesem Sinne!
Ihr

Wilfried Besser

Hallo, hört mich hier jemand?

Was gibt es für einen Autor Schöneres, als einem interessierten Publikum seine selbstgedrechselten Texte vorlesen zu dürfen. Im Grunde ist es doch genau das, wofür er schreibt. Okay, eigentlich möchte er ja eher einen Bestseller veröffentlichen und damit zu unsterblichem Ruhm und einem gut gefüllten Bankkonto gelangen. Weil das aber nur den allerallerwenigsten der schriftstellernden Garde zuteilwird, ist so eine Lesung schon beinahe das Höchste, was einem wie mir widerfahren kann.

Nun wünscht sich sicher jeder, der seinen Mitmenschen etwas vorträgt, ganz gleich ob Schauspieler, Schlagersänger oder jemand, der eine Rede hält, dass man ihm aufmerksam zuhört. Das gilt selbstverständlich auch für das schreibende Personal. Also auch für mich.

Aber wie so oft liegen auch auf diesem Gebiet Theorie und Praxis nicht gerade eng beieinander. Was uns auch nicht unbedingt wundern sollte. Schließlich hört und liest man doch ständig, dass es keinen Respekt mehr gibt auf dieser Welt. Also auch nicht beim Vortragen literarischer Dichtkunst. Da macht es denn auch keinen Unterschied, ob im Café, in der Stadtbücherei oder im Altenheim gelesen wird.

Fakt ist nämlich, dass man in keiner dieser Räumlichkeiten vor bösen Überraschungen sicher ist. Wobei man sich an das Grundrepertoire störender Geräusche ja mittlerweile gewöhnt hat. Husten, Schnäuzen, Rülpsen, Pupsen, ins Brötchen beißen, das Handy klingeln lassen, Bonbons auswickeln, in der Zeitung blättern und so weiter und so fort. Das volle Programm. Sozusagen die Basics.

Aber damit ist es ja weiß Gott nicht getan. Lese ja öfter mal im Café. Da gesellt sich zu alledem das Blubbern der Kaffeemaschine und das Klappern von Kuchengabeln noch dazu. Das weiß man und kann deshalb auch ganz gut damit leben. Ist ja schließlich meine Entscheidung, dort zugange zu sein. Außerdem gönne ich mir nach getaner Arbeit selbst immer gern ein Stück der leckeren Torte. Ganz ehrlich, es gibt Schlimmeres im Leben.

Nun sitzen da beim letzten Mal jedoch zwei Damen mit ihrem Apfelkuchen, aber bitte mit Sahne, versteht sich. Kein Problem und soweit auch noch alles friedlich. Noch. Denn kurz darauf entern zwei weitere Damen den Ort des Geschehens. Die nunmehr Vier begrüßen sich freudig, fallen sich in die Arme, als hätten sie sich jahrelang nicht mehr gesehen. Bestellen dann bei der Bedienung eine Runde Prosecco und stoßen mit großem Hallo an.

Was für eine Freude, dem Quartett dabei zuzusehen. Ich gönne es ihnen von Herzen. Aber doch nicht mitten in meiner Lesung! Klopfe also dezent an mein Wasserglas und sage höflich: „Meine Damen, wenn ich um ein klein wenig Ruhe bitten dürfte." „Ach komm", schallt es mir entgegen, „nun seien Sie mal nicht so. Kommen Sie lieber zu uns rüber und heben einen mit. Was Sie da vorlesen, interessiert hier doch sowieso keine Sau!"

Ja, das sind sie, diese Momente, die das Schriftstellerherz höher schlagen lassen. Ist aber nur die Spitze des Eisbergs. Denn eine Lesung im Altenheim ist in dieser Hinsicht ebenfalls ein Quell wahrer Freude.
Bevor hier jetzt ein falsches Bild entsteht, ich will weiß Gott nichts gegen diese Einrichtungen gesagt haben. Man

weiß ja schließlich nicht, ob man nicht später selbst einmal die Vorzüge einer solchen Residenz in Anspruch nehmen muss. Oder darf. Je nach Sichtweise. Was allerdings eine Lesung in diesen heiligen Hallen angeht, die ist hier definitiv eine Herausforderung.

Denn zum Geräuschpegel des Cafés gesellen sich nun auch noch die Motoren von Sauerstoffapparaten, das Pfeifen von Hörgeräten und das Quietschen von Rollatoren. Man unterhält sich angeregt, während ich mir einen Wolf lese, und fragt einander ungeniert: „Was hat er gerade gesagt?" Dabei spreche ich in ein Mikro, sollte also bestens zu verstehen sein. Anscheinend aber nicht, denn es kommt die Antwort: „Ich verstehe den auch nicht. Is aber auch egal, is ja alles umsonst hier." Und noch ehe mir dazu etwas Passendes einfällt, beginnen dicht vor mir die Ersten lautstark zu schnarchen. Ganz ehrlich, genau das möchte ich in diesem Moment auch tun. Aber the show must go on, da gibt es nichts.

Was genau so auf das Event zutrifft, zu dem ich kürzlich eingeladen wurde: Straßenfest in der Fußgängerzone. Da kam echte Vorfreude auf. Denn das Ganze roch nach schönem Wetter, guter Laune und vielen Zuhörerinnen und Zuhörern. Was kann man sich mehr wünschen?

Als ich vor Ort eintreffe, muss ich feststellen, dass es keine Bühne gibt. Dafür einen Stehtisch und einen Mikroständer. „Da sind Sie mittendrin im Geschehen. Sozusagen Auge in Auge mit Ihrem Publikum. Was Schöneres kann es für einen Autor doch nicht geben, oder?" Das Mädchen vom Stadtmarketing ist völlig begeistert von ihrer Idee. Ich bin eher skeptisch, sage aber nichts. Denn ich will ihr Engagement nicht bremsen. Vielleicht hat sie ja sogar Recht.

Packe also meine Texte auf den Tisch und schaue erwartungsvoll in die Runde. Täusche ich mich oder gucken mich die Stadtfestbesucher ebenso erwartungsfroh an? Beginne zu lesen, und genau in dem Moment gehen sämtliche Blicke zum Himmel. Ich folge den Blicken und was sehe ich da? Ein Flugzeug zieht ein Banner hinter sich her. Text: Nadja, willst du mich heiraten? Die Menge applaudiert begeistert und ich nutze meine Chance: „Besten Dank Ihnen allen für den herzlichen Applaus. Den will ich mir aber erst verdienen."

Ich beginne erneut und mindestens die Hälfte der Umstehenden zieht weiter, um nebenan eine Wurst zu essen oder ein Bierchen zu genießen. Immerhin stehen noch etwa 25 Menschen vor meinem Stehtisch. Und die werde ich jetzt packen.

Lese mit Engagement und Hingabe und bin offensichtlich auf einem guten Weg. Jetzt kommt sie, die gefühlvolle Stelle in meiner Geschichte und … die Leute fangen tierisch an zu lachen und zu jubeln. Drehe mich irritiert um und erblicke einen bunt kostümierten, Faxen machenden Straßenclown. Er umrundet meinen Tisch, schnappt sich das Mikro und intoniert aus voller Kehle: „Hier fliegen gleich die Löcher aus dem Käse." Alle grölen aus vollem Hals mit, bis der Knabe endlich weiterzieht und wieder Ruhe einkehrt. Meine Zuhörerschaft ist auf 15 Personen geschrumpft. Egal, es gibt Lesungen mit weniger Gästen. Kann ich selbst ein Lied von singen.

Nehme also meinen Faden wieder auf und kämpfe um jeden Zuhörer. Kurze Zeit später biegt eine Marching Band um die Ecke und bläst uns allen ein zünftiges „Oh when the Saints go marchin in" um die Ohren. Dagegen habe ich schon lautstärketechnisch keine Chance. Als die Truppe um die nächste Ecke verschwunden ist, haben sich mit ihr weitere sieben Menschen vom Acker gemacht.

Aber was soll ich machen? Vertrag ist Vertrag, da hilft alles nichts. Stürze mich also ins letzte Gefecht, und wie ich gerade wieder so richtig in Fahrt bin, stürzt ein Mann auf mich zu und keucht atemlos: „Das Mikro, schnell, ich brauche dein Mikro." Ehe ich darauf etwas erwidern kann, reißt er das Ding an sich und schreit in die Menge: „Meine Frau is wech, verdammich nochma, die is mir irgendwie abgehauen. Ich geb jedem 100 Euro, der mir hilft, dass ich se wiederfinde. Is so ne kleine Rothaarige."

Augenblicklich spurtet die inzwischen ja schon ziemlich dezimierte Sippschaft los, um sich die Kohle zu krallen. Von jetzt auf gleich ist keiner mehr an Bord, außer zwei älteren Damen mit ihrem Hackenporsche, die wacker die Stellung halten. Also denke ich, dass ich die Belohnung ja auch selbst kassieren könnte. Umrunde also meinen einsamen Stehtisch und will soeben den Spurt anziehen, als ich mich mit den Beinen im Mikrokabel verheddere und der Länge nach hinknalle.

In dem Moment kommt die Tante vom Stadtmarketing vorbei, strahlt übers ganze Gesicht und sagt: „War doch alles prima, oder?" Und fragt die zwei standhaften Damen: „Und, wie hat es Ihnen gefallen?" „Ja", antwortet die eine, „das war wirklich Klasse. Vor allem, als der Herr hier auf die Bretter geknallt ist. Das war lustig. Sowas hätte er ruhig öfter machen können."

Die Tante zieht zufrieden weiter und ich überlege, ob ich nicht ins komische Fach wechseln sollte. Talent dafür scheine ich ja zu haben.

■ ■ ■

Lesen bildet

Bekannterweise bemühe ich ja immer mal wieder gern den Volksmund. Und der behauptet neben vielem anderen auch, dass Lesen bildet.

Da kann ich als Vertreter der Literatur selbstverständlich nur aus vollem Herzen zustimmen. Wobei, und auch das gehört zur Wahrheit, es schon auch darauf ankommt, was man liest. Die Landschaft der literarischen und Presseerzeugnisse ist ja ein dermaßen weites Feld, da kann man schon mal schnell den Überblick verlieren über das, was uns da in Wort und Bild vermittelt wird. Da lässt es sich leider nicht immer vermeiden, auch mal schwer danebenzugreifen. Und das betrifft nicht nur die Tageszeitungen mit den riesigen Buchstaben, sondern auch die knallbunten Heftchen, die man in rauen Mengen in der Lottobude oder in der Bahnhofsbuchhandlung findet.

Wer zählt die Völker, nennt die Namen, könnte man jetzt frei nach Friedrich Schiller deklamieren. Obwohl das mit den Völkern natürlich Blödsinn ist, das mit den Namen aber definitiv nicht. Ich nenne Ihnen hier mal nur eine kleine Auswahl, die Ihnen vielleicht ja auch nicht ganz unbekannt ist: *Freizeit Revue, Das goldene Blatt, Die neue Post, Die Aktuelle* oder die Gilde der Frauennamen wie *Laura, Nina, Lisa, Bella* und was weiß ich noch alles.

Was all die Gazetten eint, ist die Tatsache, dass sie neben Kochrezepten, Schminktipps und Gesundheitsempfehlungen über massenhaft aktuelle Insider-Informationen von Prominenten und gekrönten Häuptern dieser Welt verfügen. Die sie ihren Lesenden allwöchentlich gleichsam auf dem Silbertablett servieren. Und genau das ist der Grund, warum Millionen von Menschen regelmäßig ihre hart verdienten Euros oder kargen Rentendollars in diese Blätter investieren.

Was allerdings, wenn man mal etwas genauer hinschaut, doch ein wenig verwunderlich ist. Denn den regelmäßig Lesenden müsste eigentlich auffallen, dass sich die Themen und Schlagzeilen nicht nur ständig wiederholen. Sie widersprechen sich praktisch von Blatt zu Blättchen. Ich will Ihnen das gern mal an einem Beispiel verdeutlichen.

Also, die allseits beliebten britischen Thronfolger Kate und William sind ja, wie wir alle wissen, mit drei allerliebsten Kindern gesegnet. Sollen aber angeblich ihren Nachwuchsbestand künftig um ein weiteres Exemplar erweitern. So steht es jedenfalls auf Seite 3 der *Herz ist Trumpf*, die ich notgedrungen lesen musste, weil es im Wartezimmer meines Arztes nichts anderes mehr gab. Ein Mädchen ist im Anmarsch, 10. Woche, das ganze Empire befindet sich in hellem Aufruhr. Sowas liest man natürlich gern.

Nun bin ich tags drauf zum Bier holen in Inge Jablonski ihrem Büdchen unterwegs. Da fällt mein Blick zufällig auf die *Herz und Schmerz*. Und auf die Schlagzeile: Kate und William werden wieder Eltern. Sie freuen sich auf Zwillinge. Hä? Zwillinge? War das gestern beim Arzt nicht noch ein Mädchen? Ich bin einigermaßen verwirrt.

Dafür ist meine Neugier geweckt und ich blättere mal in der Frau ist schlau (bei der Inge darf ich das). Und was lese ich dort? Katie bekommt einen strammen Jungen. Und so geht das munter weiter. Mal ist das Kind vom Ehemann, mal vom Chauffeur, mal vom Tennistrainer. Man fragt sich: Was weiß der Schwiegervater Charlie davon? Mal gibt es Komplikationen, mal ist die Taufe bereits eingestielt.

Und was soll ich sagen? Am Ende war da nix, ist da nix und wird auch in absehbarer Zeit nix sein. Kein Kind, weder Junge, Mädchen noch sonst was. Was aber weder die bunten Blätter noch deren Leserschaft in irgendeiner Form interessiert. Zwei Wochen später wird dann die imaginäre Schwangerschaft kurzerhand auf das nächste Thronfolgerpaar übertragen und das muntere Spielchen beginnt von vorn.

Ähnlich verhält es sich mit den Beziehungsverhältnissen von Musik-, Sport- und Schauspiel-Promis. Da bieten die Pochers, Bohlens, Beckers, Bushidos und wie sie alle heißen, jede Menge partnerschaftliches Konfliktpotential. Ob sie nun wollen oder nicht.

Ganz weit vorn dabei ist zweifellos die atemlose Helene Fischer. Die hat ja jahrelang den Silbereisen Flori mindestens zehnmal geheiratet, betrogen, verlassen und sich wieder mit ihm versöhnt. Wie wir nun aber wissen, hat alles nichts genutzt. Die Beteiligten gehen längst getrennte

Wege. An seine Stelle hat die fromme Helene ja inzwischen ihren Luftakrobaten Thomas S. installiert. Was für die Klatschpresse aber noch lange kein Grund ist, das Thema endgültig zu den Akten zu legen.

Die haben nämlich nur einen Wunsch, und zwar, dass der Flori und sein Helenchen wieder zusammen kommen. Und so haben die Beiden schon ein Liebesnest eingerichtet, Ringe ausgesucht, Thomas S. in die Wüste geschickt und Honeymoon-Urlaub gebucht, der sie je nach ignorantem Schreiberling nach Malle, Las Vegas oder in die Antarktis verschlägt. Und just in dem Moment, da die Beiden angeblich froher Erwartung sind, die Prognosen zwischen Mädchen, Jungen, Zwillingen und Drillingen schwanken und damit das Liebesglück endlich perfekt sein könnte, da grätscht doch tatsächlich ein Kind dazwischen. Das aber, man mag es kaum glauben, nicht vom Flori ist, sondern tatsächlich von Thomas S. mit der Schlagerqueen in die Welt gesetzt wurde. Und peng! ist die glückselige Traumwelt zerplatzt wie ein Luftballon, in den man eine Nadel steckt. Mittlerweile sind die Beiden sogar verheiratet und alle Welt fragt sich: Wie konnte das passieren?

Und weil auch die Münchhausen-Blättchen darauf keine Antwort wussten, musste nicht nur der arme Flori zum Ausheulen zurück auf sein Traumschiff , nein, die Geschichtenerfinder haben sich flugs auf das nächste Opfer gestürzt. Ist halt so: The show must go on!

Ich jedenfalls greife beim nächsten Arztbesuch garantiert nur noch nach der Sportzeitung. In der Hoffnung, dass dort nur Fakten zählen und mir keiner weismachen will, Uwe Seeler, Gott hab ihn selig, hätte in der letzten

Woche das Tor des Monats geschossen. In dem Fall müsste ich auch diese Entscheidung noch einmal intensiv überdenken. Und könnte mich am Ende doch gezwungen sehen, mich ausgiebig mit der *Apotheken-Umschau* zu beschäftigen. Ich hoffe, es bleibt mir erspart.

■　■　■

Das Geheimnis

Seit es Facebook, Instagram und Co. gibt wissen wir alle, dass die Menschheit keine Hemmungen hat, ausführliche Informationen über ihr Leben ohne Rücksicht auf Verluste in die Welt hinaus zu posaunen. Ob nun Urlaub, Grillparty, das tägliche Mittagessen oder die neue Unterwäsche, schonungslos werden die Hosen runtergelassen, als gäbe es kein Morgen mehr. Man will schließlich mitmischen im Konzert der Selbstdarsteller. Die sich in den Sozialen Medien tummeln, die Vieles sind, nur nicht unbedingt sozial. Aber egal, muss ja jeder selbst entscheiden, was er tut. Darum soll es uns an dieser Stelle nicht weiter interessieren.

Stattdessen wollen wir unser Augenmerk auf die Spezialisten richten, die anderer Leute Datenmaterial eben nicht wie Sauerbier zu Markte tragen, sondern dieses hüten wie ihre eigenen Augäpfel. Ich rede hier von Rechtsanwälten, Bankern und selbstverständlich auch Ärzten. Was wir denen anvertrauen, hat gefälligst auch bei denen zu bleiben. Und damit die Herrschaften das auch beherzigen, gibt es nicht nur das Anwalts- und Bankgeheimnis sondern auch die ärztliche Schweigepflicht.

Nun denn, so weit so gut. Damit könnten wir diese Akte im Grunde schließen. Wäre aber voreilig. Denn wie eigentlich überall auf der Welt gibt es auch hier immer wieder undichte Stellen im System. Die dazu führen, dass man sich auf nichts mehr verlassen kann. Auch und schon gar nicht auf ein fest versprochenes Schweigegelübde.

Ich will Ihnen das mal am Beispiel einer Arztpraxis erläutern. Dort habe ich soeben mein Krankenkassenkärtchen vorgelegt und anschließend im Wartezimmer Platz genommen. Hatte zwar im Vorfeld einen Termin vereinbart, weiß aber als lebenslanger Kassenpatient, dass das jetzt trotzdem dauern kann, bis ich zum Herrscher über dieses Refugium vorgelassen werde. Ich nehme mir ein Lesemappen-Magazin und will mich gerade mit aktuellen News über den Europäischen Hochadel auf dem Laufenden halten, da schreckt mich die markige Stimme der blondgelockten Sprechstundenhilfe auf, die heute offenbar Telefondienst hat und sich in dieser Funktion anschickt, mit einem Krankenhaus zu telefonieren.

„Hallo, ich rufe an wegen der Frau Winkler, Anna Winkler aus Recklinghausen, Königstraße 1, … Wie? … Ach so, das Geburtsdatum … ja, das ist der 23. Mai 1952 … Was? … Ja, Zwilling, genau wie mein Mann, lustig, ne? … jedenfalls die Frau Winkler kommt doch zu Ihnen in die Internistische … ja, wegen ihrer Zyste im Unterleib … ja, blöde Sache das … jedenfalls wollte ich nur kurz abklären, ob Sie alle Unterlagen haben … Ja, haben Sie? … schön, dann sag ich ihr, dass sie am Montag zu Ihnen kommen kann.“

Das ganze Wartezimmer hat aufmerksam die Ohren gespitzt und weiß jetzt, dass Frau Winkler aus der Königstraße in Recklinghausen, geboren am 23. Mai 1952, eine Zyste in ihrem Unterleib hat, die am Montag im Städtischen Krankenhaus operiert wird. Eine durchaus interessante Information. Aber ob Frau Winkler das so recht ist? Nun gut, sie kriegt es ja nicht mit. Außer, wenn sie selbst im Wartezimmer sitzt. Wir wollen es mal in ihrem Interesse nicht hoffen.

Inzwischen hat die Blonde das Telefonat beendet und wählt erneut. Jetzt hat sie offensichtlich eine Urologische Praxis an der Strippe, denn Ihre Anliegen lautet: „Ich wollte mich mal nach dem Abstrich von Herrn Nötzold erkundigen … Ja, Herrmann Nötzold aus Herten … nee, nicht Privatpatient … Barmer Ersatzkasse … ja, genau der. Der Doktor will wissen, wie es mit seinem Tripper aussieht … ach was, tatsächlich? … also, wenn das seine Frau wüsste … nee, soll wohl im Puff passiert sein … oder im Betrieb … so genau weiß ich das auch nicht … na ja, ist ja auch nicht mein Problem ne? …tschüssi."

Nein, ihr Problem ist es sicher nicht. Aber das von Herrn Nötzold, der nicht nur Läuse am Sack, sondern jetzt auch noch jede Menge Mitwisser hat.

Und so setzt sich die Telefonkonferenz in der kommenden Stunde fort. Ich erfahre beiläufig von der Säuferleber des Herrn Zipfler, der Inkontinenz von Frau Windisch und dass mein Nachbar Bornemann Probleme mit den Hämorriden hat. Der arme Kerl, wer hätte das gedacht? Dann wurde ich leider zum Doc ins Sprechzimmer gerufen und musste schweren Herzens auf weitere Krankengeschichten verzichten.

Als ich nach meiner ärztlichen Begutachtung die Praxis wieder verlassen will, höre ich soeben noch, wie der blonde Lockenkopf ihrer Kollegin zuruft: „Der Besser war ja gerade beim Doktor drin. Du glaubst nicht, was der für ein Problem hat. Hier, guck mal, aufm Monitor. Ich könnte mich echt schlapp lachen."

In gleichen Moment stehe ich bei ihr an der Theke und schreie: "Noch ein Wort und ich vergesse mich, haben Sie das verstanden?" Ihr Gesicht nimmt augenblicklich die Farbe einer reifen Tomate an. Sie schnappt nach Luft, ihre Augen weiten sich auf Untertassengröße und glotzen mich an, als wär ich ein Skelett in der Geisterbahn.

Fast tut sie mir ein bisschen leid. Andrerseits, Strafe muss sein. Und es ist nun wirklich nicht nötig, dass der Inhalt meiner Krankenakte hier in Stadionlautstärke zum Besten gegeben wird. Ich denke, es gibt sicher noch eine Vielzahl anderer Patienten mit spannenderen Krankheitsbildern. Da käme ich dann sogar ganz gern mal wieder zum Zuhören vorbei. Denn auch Sie wissen ja jetzt, dass das unterhaltsamer ist als jedes Comedy-Programm. Und Sie brauchen dafür nicht mal eine Eintrittskarte.

■ ■ ■

Was für ein Theater

Ich weiß ja jetzt nicht, ob Sie Freundinnen oder Freunde des Theaters sind. Und wenn ja, was sie sich dort zu Gemüte führen. Die Angebotspalette hält schließlich für jeden, der Spaß dran hat, auch etwas Passendes bereit. Ob nun Oper, Operette oder Musical, Schauspiel oder Ballett, Drama oder Komödie. Gar nicht zu reden von diesem ganzen neumodischen Experimentiergedöns, wo die Akteure mit Blut begossen werden oder Pipi auf die Bühne machen.

Was meine Frau und mich angeht, wir haben ja seit jeher eine Vorliebe für Boulevard-Komödien. Kennen Sie sicher auch, diese Geschichten, bei denen man sich mal so richtig herzhaft amüsieren kann. Zumindest sollte. Denn mitunter ist es ja eher zum Heulen, was einem da unter dem Deckmäntelchen der Komik vorgesetzt wird. Da kommt es dann schon mal vor, dass die ersten Zuschauerinnen und Zuschauer in der Pause an die Garderobe eilen, sich ihr Mäntelchen aushändigen lassen und fluchtartig den Musentempel verlassen. Ich sag dann immer, die Leute müssen los, das Altersheim schließt zeitig.

Obwohl wir damit bereits beim eigentlichen Kern meines Anliegens sind. Denn der Großteil des anwesenden Publikums ist, wie wir selbst ja auch, mit den Jahren immer älter geworden. Was ja auch durchaus normal ist, denn bekanntermaßen altert unsere Gesellschaft ja in zunehmendem Maße. Das ist halt im Theater auch nicht anders, zumindest bei bestimmten Stücken. Aber diese älteren Damen- und Herrschaften fangen halt mit der Zeit an, ganz bestimmte Verhaltensweisen an den Tag zu legen.

Ich meine, ich will mich da gar nicht von ausnehmen. Im Gegenteil, ich könnte Ihnen da Sachen erzählen … Aber lassen wir das lieber. Im Theater jedenfalls wissen wir uns zurückzuhalten und zu benehmen. Und sind somit eher in der Rolle der Beobachter. Und was einem da geboten wird, da kommt oft das Stück auf der Bühne nicht mit. Ich meine, Husten, Räuspern, ins Tempo schnäuzen, das kennt man ja zur Genüge. Da können selbst Opernliebhaber oft ein garstiges Lied von singen. Aber ich rede hier von Dialogen, die häufig weitaus unterhaltsamer sind, als die Texte der Schauspieler.

Vor uns sitzt ein Ehepaar und er sagt zu ihr: „Gib mir mal ein Taschentuch, ich muss gleich niesen."

„Ich hab kein Taschentuch, die hast du doch zu Hause eingesteckt."

„Ich finde aber keins."

„Du musst auch richtig nachsehen. Wahrscheinlich hast du sie in der Hosentasche und du sitzt drauf."

„Und wie soll ich da jetzt dran kommen?"

„Weiß ich auch nicht. Musste eben mal kurz aufstehen."

„Ich kann doch jetzt nicht …"

„Warum denn nicht? Ist doch dunkel hier, merkt also keiner."

Er richtet sich mühselig auf und fummelt in seiner Gesäßtasche. In dem Moment fragt die Dame des Hauses einen im Stück auf der Bühne zur Tür strebenden Gast: „Sie wollen uns doch nicht etwa schon verlassen?"

Da ruft der Mann aus der Reihe vor uns: „Nein, nein, keine Sorge. Aber hätten Sie vielleicht ein Taschentuch für mich?"

Ich versichere Ihnen, soviel Lacher und Beifall haben die Akteure im ganzen Stück nicht gekriegt.

Ein anderes Mal hatten wir es offenbar mit einer Dame zu tun, bei der es gehörtechnisch aus Altersgründen nicht mehr zum Besten bestellt war. Alle fünf Minuten musste der nicht gerade erfreute Ehemann wiederholen, was da gerade auf der Bühne gesagt worden war.

„Was sagt sie?"

„Mein Freund ist ein Ganove."

„Dein Freund?"

„Nein, ihr Freund."

„Warum sagst du dann, mein Freund?"

„Jetzt sei doch bitte mal ruhig, die anderen gucken schon immer hierher."

„Dann sollen die da vorn eben lauter sprechen. Da, jetzt hab ich schon wieder nichts verstanden."

Da sagt der Zuschauer hinter ihr: „Dann kaufen sie sich doch ein Hörgerät."

„Warum sollte ich mir ein Rührgerät kaufen? Sowas haben wir schon zu Hause und hören tu ich damit auch nicht besser." Ich sag Ihnen, das sind sie, die Geschichten, wie sie sich kein Theaterstückeschreiber ausdenken könnte.

Den Vogel abgeschossen hat aber definitiv jener Oldtimer, dem entweder das Stück absolut am Allerwertesten vorbeiging oder der vorher seinen wohlverdienten Mittagsschlaf nicht hatte. Er saß unmittelbar in unserer Blickrichtung, und so blieb uns nicht verborgen, dass ihm zwischenzeitlich immer mal wieder das schwere Haupt entweder auf die Brust sank oder auf die Schulter seiner Partnerin. Die ihn dann immer wieder energisch anstieß und ihn anzischte: „Nun reiß dich gefälligst zusammen. Was sollen denn die Leute denken? Sogar die Schauspieler gucken schon her."

Der Erfolg war allerdings gleich Null, denn er kippte immer wieder bedrohlich zur Seite. Irgendwann gab sie dann offensichtlich völlig genervt auf und ließ ihn schlummern, wobei sich immer wieder ein veritabler Schnarcher in die Schlafatmung mischte, was die Angelegenheit nicht besser machte.

Und so blieb es dann bis zum Ende des Stückes. Die Schauspieltruppe holte sich ihren verdienten Applaus ab und just in dem Moment, in dem sich der Vorhang zu schließen begann, erwachte der gute Mann, blickte sich irritiert um und presste dann entgeistert heraus: „Verdammich noch mal, Ilse, was machen all diese Menschen in unserem Schlafzimmer und klatschen wie die Besengten? Hab ich irgendwas nicht mitgekriegt?"

Tja, liebe Freunde, das sind diese Situationen, die man nicht zu Hause erlebt, sondern nur, wenn man sich unters Volk mischt. Vielleicht sollten Sie demnächst auch mal einen Besuch im Theater ins Auge fassen. Ich garantiere Ihnen, es lohnt sich!

■ ■ ■

Kochen kann jeder

Sollten Sie jemals mit dem Wunsch kokettiert haben, die Menschheit mit einem eigenen Buch zu beglücken, aber keine Idee haben, worüber Sie schreiben sollen, dann kann ich Ihre diesbezüglichen Zweifel auf der Stelle zerstreuen. Suchen Sie nicht länger nach einer Story, einem Thema, einem spannenden Anfang und einem fulminanten Finale. Denn es gibt die Lösung, die bereits viele andere mit

Erfolg erkannt und umgesetzt haben. Warum also nicht auch von Ihnen?

Nun werden Sie sicher wissen wollen, wie Sie schon bald zu Geld, Ruhm und Ehre kommen können. Und das ist selbstverständlich Ihr gutes Recht. Also, hier ist er, mein genialer und absolut unschlagbarer Tipp: Schreiben Sie ein Kochbuch!

Nun werden Sie vielleicht erstaunt ausrufen: Hä, wieso ausgerechnet ein Kochbuch?? Ich esse zwar gern und viel, aber mit Kochen habe ich ja nun überhaupt nix am Hut. Ja, nun, sowas kommt vor, und zwar häufiger, als man denkt. Jedenfalls wären Sie da definitiv kein Einzelfall. Aber ich versichere Ihnen, das ist absolut kein Hinderungsgrund. Weil nämlich, und das ist jetzt vielleicht neu für Sie, die meisten, die mit einem oder gar mehreren Kochbüchern den Markt geflutet haben, selbst nicht die Bohne kochen können. Nicht mal nach den Rezepten, die sie zuhauf in ihre bunten Büchskes gepackt haben.

Jetzt werden Sie möglicherweise einwenden: Ja, aber wenn der Lafer oder der Mälzer oder der Henssler ein Kochbuch veröffentlichen, dann wissen die doch sicher ganz genau, wovon die reden oder schreiben. Da haben Sie zweifellos Recht; und ich werde den Teufel tun und Ihnen widersprechen. Diese Herrschaften sind schließlich Profis, die ihr Geschäft verstehen. Aber haben Sie sich mal die Mühe gemacht und nachgeschaut, wer sich da noch so alles unter den Kochbuchautoren tummelt? Geben Sie das Thema mal bei Gockel ein, ich versichere Ihnen, da werden Sie sich wundern. Das sind nämlich weitaus mehr, als Püllecken in eine Bierkiste passen. Und das sind schließlich auch schon ne ganze Menge.

Also, mit welchem der Püllecken, äh, sorry … mit welchem Promi fang ich jetzt an? Vielleicht mit den Damen Nazan Eckes, Linda Zervakis, Vicky Leandros und Lilli Roncalli. Die haben nämlich alle etwas gemeinsam, und zwar erstens keine Ahnung von der Materie und zweitens ne Mama oder Omma in Bella Italia, auf ner griechischen Insel oder im türkischen Hinterland. Die allesamt zum Glück über eine stattliche Rezeptsammlung verfügen, die man nur noch abschreiben muss, und der Platz auf der Beststellerliste ist gesichert.

Aber das ist ja noch längst nicht alles. *Kochen mit den Geissens* ist zweifellos auch so ein Schinken, ohne den diese Welt keine schlechtere wäre. Im Gegenteil. Andrerseits, wer auf Kotelett mit Goldlametta steht, sollte hier ruhig zugreifen. Meinen Segen hätte er.

Genau wie für das Kochbuch vom ehemaligen Bademeister aus Recklinghausen-Süd, Ralf Möller, unser aller Mann in Hollywood. Das ausgerechnet *The Vegan Gladiator* heißt. Ich bitte Sie, das hieße ja, dass der Mann seine Muckis nur von Sellerie und Blattspinat hätte. Ich meine, auch wenn das bei Popeye mit dem Spinat geklappt hat, bleiben am Ende ja doch eher mittelschwere Zweifel.

Genau wie bei Professor Mang, dem ollen Schnippelkünstler vom Bodensee. Der geht doch tatsächlich mit dem Titel *Iss dich schön* ins Rennen. Ausgerechnet der! Mal ganz unter uns, wenn das wirklich klappen täte, das mit dem schön essen, hätte er sich doch sein eigenes Geschäftsmodell entzogen. Dann hätte die Menschheit doch das Herumschnippeln an Nasen, Bäuchen oder Möpsen überhaupt nicht mehr nötig. Also ehrlich, dem

Braten trau ich nicht. Und das Buch würde ich im Leben nicht kaufen. Was im Übrigen auch für die Schinken von Thomas Anders, Guido Cantz und weiß der Deubel noch wem gilt.

Was ich aber überlegt habe ist, und dazu bin wirklich fest entschlossen, mich selbst in die Riege der Kochbuchautoren einzureihen. Was die anderen nicht können, das kann ich schon lange nicht.

Allerdings war es zu Beginn meiner Überlegungen gar nicht so einfach, etwas zu finden, was die anderen Möchtegernköche nicht schon abgegrast haben. Anfangs hatte ich ja sowas im Sinn wie ein Kochbuch für alle, die überhaupt nicht wissen, was das Wort *Kochen* überhaupt bedeutet. Ich musste aber schnell feststellen, dass es sowas ähnliches schon gibt, mit den Titel: *Kochbuch für alle, die nicht kochen können.* Untertitel: *Weil ich es nämlich auch nicht kann.* Das hätt mir schon in die Karten gespielt. Da gibt es nämlich so Tipps wie *Auf der Jagd nach dem falschen Hasen.* Oder *Wie krieg ich Wasser zum Kochen?* Oder: *Wo find ich die verlorenen Eier wieder?* In der Richtung halt. Ich weiß, klingt dämlich, läuft aber wie geschnitten Brot.

Aber dann hatte ich eine viel bessere Idee: Rezepte mit Alkohol von meiner Familie. Man glaubt gar nicht, was es da für Schätze zu heben gibt. Ich hätte das selbst nicht gedacht. Aber Rumkugeln von meiner Mamma zum Beispiel, die mit dem Doppel-Wumms. Oder Eierlikör von Onkel Jürgen, mit dem er auf so mancher Geburtstagsfeier die Stimmung auf den absoluten Höhepunkt getrieben hat. Und dann unser Omma, Gott hab sie selig, ihren berühmten Rumtopf. Ein absolutes Gedicht, das kann ich Ihnen versprechen. Dazu hätte ich dann auch noch den Aufgesetzten von Tante Irmchen im Angebot oder Pflaumen in Armagnac von Cousine Agathe.

Wenn Sie jetzt einwenden, das wäre ja alles nur was zum Schlucken, dann ist da natürlich was Wahres dran. Andrerseits bin ich ja noch lange nicht fertig mit meiner Liste. Da stehen nämlich auch noch so leckere Sachen drauf wie Schweinebraten in Biersoße, Rinderbraten in Burgunder oder auch Kock o Weng, also dieses französische Geflügel in Weißwein, haben Sie sicher auch schon mal von gehört.

Sie müssen zugeben, dass sich das alles nicht schlecht anhört. Ich jedenfalls bin felsenfest überzeugt davon, dass die Schwarte ein Knüller wird und auf der Bestsellerliste landet, sobald sie die Druckerei verlassen hat. Und ich könnte gut verstehen, dass Sie es kaum erwarten können, meine Rezeptsammlung mit Schuss, dieses epochale Werk, in Händen zu halten. Muss Sie aber, was das betrifft, doch noch um etwas Geduld bitten.

Denn schließlich muss ich jedes Rezept ja vorher nochmal gründlich ausprobieren, damit ich weiß, ob das auch alles so funktioniert, wie ich mir das vorstelle. Und weil ich denke, dass Eierlikör immer geht, will ich da morgen erstmal mal ein paar Liter von ansetzen. Den Rest arbeite ich dann so nach und nach ab.

Ich hoffe nur, dass meine Leber das auch aushält. Aber wir wissen ja alle: Von Nix kommt Nix. Und dass man für den Erfolg auch schon mal Opfer bringen muss. Ich bin sicher, meine künftigen Leser werden es mir danken.

■ ■ ■

Gesundheit ist alles

Ich habe zwar irgendwann mal behauptet, die Gesundheit werde überschätzt, und nur wer von diversen Krankheiten heimgesucht wird, könne mitreden im Leben (s. „Gesund ist, was krank macht"). Aber ich muss doch zugeben, dass man mit zunehmendem Alter zu ganz neuen Erkenntnissen kommt. Denn wenn sich im und am eigenen Körper tagtäglich neue Baustellen auftun, wünschte man sich im Grunde nur eins: Gesund und fit zu sein wie der berühmt berüchtigte Turnschuh.

Nun mögen Sie vielleicht fragen: Ja, da erzählst du uns aber nichts Neues, denn wer will das nicht? Erzähle uns lieber mal, wie man das am besten anstellen soll, wo doch Keime, Viren und Bazillen an jeder Häuserecke lauern.

Dieser Einwand ist nur allzu berechtigt. Aber ich kann Sie beruhigen. Denn wenn es eine Maßnahme gibt, dieses hehre Ziel zu erreichen, dann ohne Zweifel die, sich so gesund wie möglich zu ernähren. Wenn man die ganz schlimmen Sachen mit Verachtung straft und sich seinen Speiseplan mit den ultimativen Gesundwundern zusammenstellt, dann ist das definitiv schon mal mehr als die halbe Miete.

Nun hatte mir mein Kumpel, der Theo Kramer, noch vor ein paar Wochen erzählt, dass er jetzt genau nach dieser Erkenntnis leben wolle, und ich dürfe schon mal bannig gespannt drauf sein, wie stark und elastisch er in Zukunft durchs Leben wandeln würde.

Jetzt treff ich den Theo gestern zufällig im Park, wo er seinen Fiffi auszuführen pflegt. Muss allerdings gestehen, dass ich ihn zuerst fast gar nicht erkannt hätte. Blass, mit starrem Blick, zitternden Händen und weichen Knien. Ich denke, mein Gott, was ist dem armen Kerl nur passiert, dass er in derart marodem Zustand unterwegs ist?

Ich sag: „Moin Theo, wie es dir geht, muss ich wohl gar nicht erst fragen. Du siehst ja nicht gerade aus wie das blühende Leben."

„Hör mir bloß auf, ich weiß im Moment echt nicht mehr, wo mir der Kopf steht."

„Oh", sage ich, „das hört sich nach verdammt viel Stress an."

„Du sachst et", entgegnet mir der arme Kerl. „Aber ich komm da verdammich nochmal irgendwie nicht gegen an."
„Solltest du aber und zwar so fix wie möglich. Sonst wirst du am Ende noch krank. Ich sag nur: Bluthochdruck und Herzinfarkt."

„Aber das isses doch gerade. Eben weil ich nicht krank werden will, tu ich doch seit Wochen alles für meine Gesundheit. Und du glaubst gar nicht, wie anstrengend das ist."
„Na ja, ich kann es mir schon vorstellen: Muckibude. Joggen, Gymnastik und so. Das geht schon an die Kondition."

„Ach was", entrüstet sich der Theo, „das isses doch gar nicht. Du kennst mich doch. Mit sonem Blödsinn hatt ich noch nie was am Hut."

„Ja gut, aber warum siehste denn dann aus wie durch den Wolf gedreht?"

„Ganz einfach, weil ich mich gesund ernähren tu, und zwar nach allen Regeln der Kunst."

„Und das strengt dich dermaßen an?" frage ich ihn entgeistert.

„Pass auf, ich erklär dir das. Was du nicht weißt, ich les doch seit drei Monaten eine neue Fernsehzeitung. Da war son armer Student an der Tür, dem hab ich ein Abo abgekauft. Tat mir irgendwie leid, der Kerl. Aber egal, jedenfalls gibt es da in jeder Woche neue und ultimative Tipps und Tricks, was du alles zu dir nehmen sollst, damit du auf jeden Fall fit und gesund bleibst."

„Ja, aber das hört sich doch grundsätzlich so schlecht nicht an."

„Hast du ne Ahnung. Ich komm doch vor lauter Essen zu gar nix mehr."

„Das versteh ich jetzt nicht."

„Ja nu, als ich das erste Mal sone Seite mit diesen Gesundheitstipps in Händen hielt, da war's ja auch noch ganz einfach. Da ging es um die perfekte Ernährung für das Immunsystem."
„Klaro, Immunsystem ist ja auch immer wichtig."

„Genau, und deshalb hab ich umgehend Beeren gegen Entzündungen, Nüsse und Samen für die Abwehrkräfte,

Zitrusfrüchte für das volle Immunbrett, Vollkorn für die Zinkversorgung und Fisch für Herz und Kreislauf in mich rein geschaufelt."

„Jau, das nenne ich mal ein strammes Programm."

„Ja, aber das ist ja noch nicht alles. Nächste Woche hieß das Thema: *Länger leben mit dem Magnesium-Trick.* Na ja, und weil ich natürlich auch gern länger leben will, kamen jetzt über den Tag verteilt Brokkoli, Cashewnüsse, Kürbiskerne, Himbeeren, Emmentaler Käse und Zartbitterschokolade noch dazu."

„Aber du, Schokolade, da kann man doch nun wirklich nicht meckern."

„Tät ich auch nicht, wenn ich nicht zusätzlich das ganze andere Zeugs futtern müsste. Und es ging ja immer so weiter. Ne Woche später dann Kiloweise Kirschen und Superbeeren, weil die Sehkraft, Magen, Herz und Hirn stärken und vor Hautalterung und Gicht schützen."

„Ich geb dir Recht", musste ich einräumen, „da kann man ja echt den Überblick verlieren."

„Endlich siehst du's ein. Hier, ich zeig dir das mal, hab ja immer ein paar von den Blättkes dabei, damit ich das nicht aus den Augen verliere. Hier guck, Zehn Lebensmittel, die jünger machen. Und wer will das nicht, jünger sein? Und dafür braucht es eben Mandeln, Sojasprossen, Avocados, Granatapfel und was weiß ich. Und dann hier: Die sieben schnellsten Entzündungs-Killer. Brauchste aber Sauerkraut, Tomaten, Erbsen und Blaubeeren für.

Oder nochmal das hier: Die verblüffende Heilkraft von Vitamin A. Für starke Augen, Abwehr und Nerven. Da musste dann aber wieder Karotten, Kürbis und Spinat für futtern. Und Leber wäre wohl gut, aber die kann ich nun mal nicht ab. Und zum guten Schluss: Starke Gelenke mit der Kraft von Beeren. Ist ja in unserem Alter nicht ganz unwichtig, von wegen Arthrose und so."

„Ja, aber", sag ich zu ihm, „das musst du doch nicht alles jeden Tag in dich reinstopfen."

„Alter, was denkst du denn? Soll ich etwa irgendwas auslassen und riskieren, dass das ganze System zusammenbricht? Und ich dann unheilbar krank werde? Dann wär doch am Ende alles für die Katz gewesen. Erst letzte Woche stand da auch noch drin, dass man sich über den Tag streng an diese Ernährungspyramide halten soll. Also vor allem massig Gemüse, Obst, Fisch, Joghurt, Nudeln und Vollkorn für reichlich Proteine, Vitamine und Mineralstoffe."

„Und was ist mit Currywurst, Eisbecher und Mettbrötchen?"

„Da sollste mal schön die Finger von lassen. Ist alles das reinste Gift für den Körper. Da kannste deinen Grabstein am besten heute schon bestellen."

Ich war echt erschüttert. Der arme Kerl, wo war er da nur hineingeraten? Dem Manne musste geholfen werden und zwar so schnell wie möglich.

„Hör zu, Theo, ich sag dir jetzt mal was. Das mit der Pyramide vergisst du am besten mal ganz schnell. Denn sieh es doch mal so: Wofür wurden denn früher diese riesigen Dinger gebaut? Doch nur, um darin die Pharaos und ihre Gespielinnen zu beerdigen. Und unter die Erde willst du ja sicher jetzt nicht gleich kommen?"

„Nee, jetzt nicht so unbedingt …"

„Dachte ich mir. Und darum, auch ganz wichtig im Leben, immer ne zweite Meinung einholen. Ich hab mir zufällig vorhin am Kiosk so ein Feinschmecker-Magazin geholt. Da sind massig leckere Rezepte drin, ich meine, man gönnt sich ja sonst nix. Jedenfalls stehen da so Sachen drin wie *„Ein Leben ohne Roulade wär einfach zu schade".* Oder *„Heut ein kleiner König sein mit Filet von Rind und Schwein".* Oder hier, zu guter Letzt, *„Da fehlen dir doch glatt die Worte, bei dieser Käse-Sahne-Torte".* Und jetzt guck dir mal an, wie glücklich und zufrieden die Menschen aussehen, die sich all die leckeren Sachen gönnen."

Da war der Theo doch ein bisschen sprachlos und bedröppelt. Und wie er dann leise zu mir sagt: „Du meinst wirklich, dass es mir damit besser geht?", da hab ich ihm voller Überzeugung geantwortet: „Aber hundertprozentig! Und weißt du was, wir gehen jetzt gleich rüber zu Stratenkötters Jupp seinem Gasthaus. Da gibt es nämlich heute lecker Eisbein mit Sauerkraut. Dazu noch'n frisch gezapftes Pils und hinterher zwei Doppelkorn. Ich garantiere dir, da hast du nicht nur was für dein Immunsystem getan, du fühlst dich anschließend auch wie neu geboren."

„Jau, Anton", war der Theo dann am Ende doch überzeugt. „Genau so machen wir das jetzt. Heißt ja nicht umsonst, Versuch macht klug. Und ich will mir hinterher nicht vorwerfen lassen, ich hätt es nicht wenigstens mal ausprobiert. Außerdem, ganz ehrlich, irgendwie kann ich die Haxe schon bis hierher riechen. Wenn das mal kein gutes Zeichen ist."

■ ■ ■

Höher, schneller, weiter

Es ist leider nicht zu leugnen, dass viele Menschen nicht zufrieden sind mit dem, was sie sind und was sie haben. Die stets nach Höherem streben, weil es für sie undenkbar ist, dass die Nachbarn einen größeren Fernseher und ein schnelleres Auto besitzen oder eine tollere Urlaubsreise gemacht haben, als die selbst.

Besonders ausgeprägt ist dieses Phänomen definitiv beim Sport. Da trainieren sich die Athleten dumm und dusselig, nur um den Hammer ein paar Zentimeter weiter zu schleudern oder höher über die Latte zu hüpfen oder aber eine tausendstel Sekunde schneller über die Tartanbahn zu pflügen. Aber wahrscheinlich befolgen die Herrschaften nur das Olympische Motto Schneller, Höher, Weiter, das der olle Baron Coubertin schon 1894 in die Welt gesetzt hat. Und wenn der das gesagt hat, dann wird das schon seine Richtigkeit haben.

Nun ist es ja so, dass man sich daran nicht unbedingt ein Bespiel nehmen muss. Und mal ehrlich, irgendwann kann man das auch gar nicht mehr. Ich weiß schließlich, wovon ich rede.

Was ich aber genau so weiß ist, dass es auch in meinem fortgeschrittenen Alter zumindest einen Lebensbereich gibt, in dem der erbitterte Wettbewerb immer wieder und immer mehr an der Tagesordnung ist. Obwohl man es hier nicht unbedingt erwarten würde. Sie werden es vielleicht nicht glauben, aber ich spreche hier vom weiten Feld des Gesundheitswesens.

Wobei ich es ja durchaus als wünschenswert erachte, wenn die Menschheit wetteiferte, so gut und so lange gesund zu bleiben, wie es denn nur möglich ist. Aber, Sie werden es kaum glauben, es geht hier gar nicht ums gesund sein. Sondern genau um das Gegenteil, nämlich um Krankheiten aller Art. Von denen es ja nun beileibe mehr als genug gibt.

Nun kennen Sie sicher die erhellende Weisheit, der zufolge die beste Krankheit nichts taugt. Dem kann ich nur vollumfänglich zustimmen. Der Krankheit selbst ist das allerdings vollkommen egal. Und es lässt sich trotz größter präventiver Anstrengungen nicht verhindern, immer mal wieder von einer heimgesucht zu werden.

An dieser Stelle kommt nun Weisheit Nummer zwei ins Spiel, nämlich dass geteiltes Leid halbes Leid sei. Nun bedeutet Teilen ja nicht, unsere Mitmenschen nach besten Kräften mit unseren eigenen Wehwehchen zu infizieren. Es geht vielmehr darum, von seiner eigenen Krankheit erzählen zu dürfen, das Leid zu schildern, zu berichten, wie man sich das Übel eingefangen hat. Wenn man's denn selbst überhaupt weiß. Und darauf hoffen, dass man uns Mitgefühl, Bedauern und Verständnis entgegenbringt.

Doch diese Hoffnung verwandelt sich nur allzu oft in abgrundtiefe Enttäuschung. Womit ich zurück komme zum Konkurrenzdenken, dem sich etliche unserer schmerzgeplagten Mitmenschen voller Freud und Wonne hingeben. Weil sie einfach nicht akzeptieren können oder wollen, dass es doch tatsächlich außer ihnen noch andere Menschen gibt, die einer Krankheit oder Verletzung anheimgefallen sind.

Ich meine, vielleicht haben Sie das ja selbst schon erlebt: Sie sind gestürzt, haben sich ein Hämatom am Steiß, Prellungen am Becken und ein lädiertes Knie eingefangen. Das erzählen Sie einer Ihnen nahestehenden Person und rechnen fest damit, auf Verständnis und Zuspruch zu treffen. Doch als Reaktion auf Ihre Schilderung hören Sie nur: Och ja, das hört sich sicher schlimm an. Aber du glaubst nicht, wie schlecht es mir gegangen ist, als ich im Urlaub die Treppe runtergefallen bin. Sooo ein Hämatom hast du in deinem Leben noch nicht gesehen. Groß wie ein Pizzateller, sag ich dir. Und Knie, mein Lieber, da hatte der Georg letztes Jahr sooo ein Gelenk, dick wie ein Medizinball.

Ich sag Ihnen, da kommt man sich mit seinen Wehwehchen nur noch klein und mickrig vor. Und damit ist es ja nicht genug. Man erzählt von seinem gebrochenen Ellenbogen und wird gekontert mit einem Trümmerbruch des linken Oberschenkels. Man berichtet von der Meniskus OP, da grätscht einem ein Achillessehnenriss dazwischen. Man meint, mit akutem Herzrasen ganz weit vorn zu sein, muss aber einsehen, gegen einen veritablen Herzinfarkt nicht die Spur einer Chance zu haben. Irgendwann reift in uns die Erkenntnis, dass wir, egal wie schmerzhaft unser Leid auch sein mag, immer nur zweiter Sieger sein werden. Und beschließen, künftig lieber gar nichts mehr zu erzählen. Bringt ja eh nix.

Aber eins kann ich Ihnen versichern: Es geht immer noch schlimmer. Es gibt nämlich in unserer Nachbarschaft Vater und Sohn, der eine stolze 95, der andere 70 Jahre alt. Trotz des Altersunterschieds sind die Beiden vereint in Sachen Freizeitgestaltung und Modegeschmack. Und, wer hätte das gedacht, auch auf dem weiten Feld der körperlichen Beeinträchtigungen.

Nun trifft man sich schon mal hin und wieder auf ein, zwei Bierchen und kommt im Laufe des Abends unweigerlich auf Arztbesuche und OP-Termine zu sprechen. Da reicht es in der Regel, dass einer aus der Runde eine klitzekleine Bemerkung fallen lässt. Meinetwegen, dass er heute mal wieder ziemliche Last mit dem Rücken hätte. Und schon geht die Post ab, als habe das Duo nur auf das Stichwort gewartet.

„Rücken, kenn ich, musste ja viermal an der Bandscheibe operiert werden", sagt Papa.

„Red keinen Scheiß", kontert Sohnemann. „Du warst höchstens dreimal. Ich war viermal."

„Ja, von wegen. Ich war mindestens viermal. Wenn nicht öfter. Und dreimal war ich mit Tinnitus inner Klinik. Immer schön anne Infusion."

„Hör mir doch auf mit deinem Pfeifen im Ohr. Ist doch Pipifax, das zählt doch nicht. Aber Hämorrhoiden, die musste ich mir zigmal wegspritzen lassen."

„Komm, geh wech mit deinen Hämorrhoiden. Ich hatte Prostata und zwar nicht zu knapp. Da hat der Doktor sich dran totgeschnippelt. Von sowas kannst du nur träumen."

„Wenn hier einer träumt, dann du! Hast wohl vergessen, dass ich zwei neue Knie habe."

„Dafür hab ich zwei neue Hüften. Und überhaupt, ich habe locker 18 OPs hinter mir. Da musst du Grünschnabel erst mal hinkommen."

„Erstmal bin ich 25 Jahre jünger als du. Und zweitens waren das höchstens 15. Ich sag dir, wenn ich mal so alt bin wie du, da hab ich doppelt so viele, da kannste aber Gift drauf nehmen."

„Was soll das denn heißen? Willste mich unter die Erde bringen, oder wie seh ich das?"

Und so geht das heiter weiter, denn nachgeben kommt für das Duo ums Verrecken nicht infrage. Irgendwann wird dann mit Hilfe der Finger gerechnet, korrigiert, überlegt und neu gezählt, um am Ende das Ganze ohne Ergebnis abzubrechen. Aber nur, um bei nächster Gelegenheit mit dem Theater wieder von vorn anzufangen.

Wer das ein- oder mehrmals erlebt hat, kommt doch schwer ins Grübeln, ob es wirklich ein erstrebenswertes Ziel ist, da mithalten zu wollen. Ist es wirklich das Größte, irgendwann einmal Rekordhalter in Sachen OP-Termine zu sein? Und meinen Körper, der eh schon eine Baustelle auf zwei Beinen ist, dem ärztlichen Schnippelwahn zu opfern? Ich sag Ihnen: Nicht für ne Million! Obwohl ...

ach nee, lassen wir das. Denn irgendwann muss man auch mal zufrieden sein, mit dem, was man hat. Und das Höher, Schneller, Weiter anderen überlassen. Wie heißt es so schön: Man muss auch gönnen können. Damit ist alles gesagt. An mir soll's jedenfalls nicht scheitern. Ich gönne gern!

■ ■ ■

Man meint es gut mit mir

Es wird seit geraumer Zeit immer häufiger geklagt, die Post sei auch nicht mehr das, was sie mal war. Was ich sofort unterschreiben würde, denn da ist sicher viel Wahres dran. Aber mal ganz ehrlich, sind wir nicht selbst ein Stückweit mitschuldig an diesem Zustand? Ist es nicht so, dass auch wir, wie so viele andere, kaum noch Karten und Briefe schreiben? Weil selbst Urlaubs- und Weihnachtsgrüße, ganz zu schweigen von Glückwünschen zum Geburtstag, heutzutage online und digital ihre Empfänger erreichen? Da kann man am Ende doch froh sein, dass die Zusteller überhaupt noch alle paar Tage mit ihren gelben Fahrrädern vorbeikommen, um etwas in den Briefkasten zu werfen.

Wobei das, was da in der Postbox landet, inzwischen hauptsächlich aus Katalogen, Reklamesendungen und Prospekten für Pizza-Bringdienste besteht. Dazu massenhaft irgendwelche dubiose Angebote, auf die ich gleich noch näher eingehen werde. Und schließlich diese Briefe, in denen man nur unser Bestes will. Sprich: Unsere geliebten Rententaler in Form großzügiger Spenden.

Nun ja, das kann man beklagen, nutzt aber nichts. Denn es gibt halt so Sachen im Leben, die muss man einfach akzeptieren. Was ich ja auch ohne Jammern täte, denn wie eingangs bereits erwähnt, fühle ich mich nicht ganz schuldlos an der Misere. Was mir bei den zahllosen wohlmeinenden Werbeangeboten allerdings tierisch auf den Senkel geht, sind diese penetranten, ja, fast schon unverschämten Anspielungen auf mein Alter, auf drohende Gebrechlichkeit oder gar das nahende Ende.

Und ich versichere Ihnen, in dieser Hinsicht schrecken manche Halunken vor nichts zurück. Wobei ein zuverlässiges Haarfärbeshampoo vom Friseur, die Altersfleckenentfernung beim Hautarzt oder eine unverbindliche Schnupperstunde bei der Volkstanzgruppe des Sauerländischen Gebirgsvereins noch zu den harmloseren Offerten gehören. Und selbst die häufigen Einladungen zu interessanten Ausflugfahrten mit anschließender Kochtopf- und Heizdeckenpräsentation lösen bei mir eher ein mitleidiges Grinsen aus.

Was aber soll ich halten von der Musterpackung *Granufink* oder, wenn das nicht mehr hilft, den *Tena-Inkontinenz-Unterhosen* aus der Apotheke? Ganz zu schweigen vom einwöchigen Testwohnen im Altenstift *Zur Abendsonne* oder von einer Proberunde mit dem Qualitätsrolli *Gehfrei plus* bei einem Sanitätshaus meines Vertrauens?

Ja, was denken die denn, wer ich bin? Und dass ich das nötig hätte? Und selbst wenn, was geht die das eigentlich an? Es gibt doch nun mal Grenzen und damit auch Geschenke, die gehören sich ganz einfach nicht. Das wär ja so, als würde man einem katholischen Pfarrer eine Packung Verhüterli schenken. Einfach geschmacklos! Und außerdem, was sollte der Mann damit?

Und ob Sie's jetzt glauben oder nicht, es geht immer noch schlimmer. Dabei bin ich nun wirklich nicht zimperlich und kann auch was ab. Aber was mir da kürzlich vom Briefträger in den Kasten gesteckt wurde, das hat dem Fass buchstäblich die Krone ins Gesicht geschlagen: Einen Rabattgutschein vom Bestatter! Motto: *Kostet der Tod dich schon das Leben, woll'n wir dir'n kleinen Bonus geben. Deine Erben werden dir ewig dankbar sein.*

Als ich das gelesen habe, bin ich dermaßen in Schnappatmung geraten, dass das mit dem Ableben um ein Haar auf der Stelle funktioniert hätte. Und wahrscheinlich ist es genau das, was diese Heinis damit bezwecken. Aber ich hab denen im wahrsten Sinne des Wortes was gehustet und gerade noch mal die Kurve gekriegt. Nicht mit mir, meine Damen und Herren! Ihr könnt euch getrost euern Rabatt sonst wohin stecken.

Aber zu denken gegeben hat mir die Aktion schon ein wenig. Denn wer sagt mir denn, dass die Brüder solche Gutscheine nicht auch an meine künftigen Erben geschickt haben, verbunden mit dem freundlichen Hinweis: *Einzulösen bis Ende des Jahres.* Und jetzt sitzen die auf heißen Kohlen und denken: ‚Hoffentlich packt der Alte das bis dahin. Dann käme er wenigstens günstig unter die Erde'. Ich meine, wissen kann man es doch nie. Schließlich hört beim Geld bekanntlich die Freundschaft auf. Auch und gerade in der Familie.

Ohne Moos nix los

Jetzt mal Hand aufs Herz, wer von uns hätte nicht hin und wieder gern ein paar Euros mehr im Portmonee? Ich meine, die Preise steigen ja überall wie die Temperaturen im Hochsommer. Da könnte so ein kleines Zubrot ohne Zweifel nicht schaden. Und sei es, um wenigstens einmal das Auto wieder so richtig volltanken zu können.

Die Frage ist aber nun, wie man an die zusätzlichen Talers ohne größeren Aufwand herankommt. Man will ja dafür nicht unbedingt Schweiß und Tränen opfern. Und es steht auch garantiert niemand vor unserer Haustür und wirft mal eben einen gut gefüllten Geldumschlag in den Briefkasten. Also bleibt uns nichts anderes übrig, als die kleinen grauen Zellen zu aktivieren, auf dass uns augenblicklich eine geldbringende Idee überkommt, die wir nur noch in die Tat umsetzen müssen.

Also habe ich mich in meinen Sessel gesetzt und nach-gedacht, felsenfest überzeugt davon, dass die Einfälle nur so sprudeln werden. Allerdings musste ich ziemlich schnell feststellen, dass mein Gehirnkasten an einer Mitarbeit irgendwie nicht interessiert war. Denn ich konnte mich noch so anstrengen, da kam einfach nichts. Und zwar gar nichts. Nur gähnende Leere. So hatte ich mir das nicht vorgestellt. Doch kurz bevor ich drauf und dran war, in tiefste Depression zu verfallen, fiel mir unsere Fernsehzeitung in die Hände. In der ich einen Artikel entdeckte, der eine Liste hilfreicher Beispiele enthielt, wie sich der hilfesuchende Rentner ohne größeren Aufwand die Taschen füllen kann. Was für ein Glück! Als ob der Artikel nur für mich geschrieben worden wäre.

Doch diese Liste fing ausgerechnet an mit Häkeln und Stricken. Auf diese Weise hergestellte Produkte seien heutzutage angeblich wieder echte Verkaufsschlager. Nun kann ich weder das eine noch das andere, weiß aber noch von früher, dass Eierwärmer oder solche Futterale für die Klorolle im Auto durchaus angesagt waren. Aber ob das heutzutage immer noch funktioniert? Da hab ich doch so meine Zweifel. Und das Thema mal ganz schnell abgehakt.

Denn ich las, man könne sein Einkommen auch als Leih-Oma oder -Opa aufbessern. Ja nun, das hörte sich doch schon besser an. Aber dann hab ich mir überlegt, ob es wirklich so spaßig ist, sich als ruhebedürftiger Rentner mit fremder Leute Blagen herumzuärgern? Wer weiß, was die so alles aushecken. Da ist man doch vor Überraschungen nie sicher. Schließlich muss man sich nur mal daran erinnern, was man früher als Kind selbst für einen Blödsinn angestellt hat.

Also lieber mal weitergelesen. War ja schließlich noch so einiges mehr im Angebot. Hundesitting zum Beispiel. Also Gassi gehen mit Bello oder Clementine aus der Nachbarschaft. Gut, mit Hunden habe ich jetzt keine Probleme. Wohl aber mit deren Hinterlassenschaften. Und die müsste ich ja als braver Bürger in so nem Plastikbeutelchen einsammeln, um sie anschließend in der nächsten Mülltonne zu entsorgen. Aber mal ganz ehrlich, mit fremder Hunde Kackhäufchen meinen Kontostand aufbessern? Das muss ich nun ganz bestimmt auch nicht haben.

Dann hieß es, man könnte natürlich auch Zeitungen oder Prospekte austragen. Ja sicher, könnte man. Aber Zeitungen fallen bei mir schon mal per se aus. Ist doch wahr, da träumt man gerade von Palmen und Sandstrand oder davon, dass dem VfL soeben im Ruhrstadion die Meisterschale überreicht wird, und dann rappelt plötzlich mitten in der Nacht der Wecker. Damit die Leser pünktlich zum Frühstück ihre Zeitung auf dem Tisch haben. Also nee, das wär nun beim besten Willen nichts für mich.

Okay, dann vielleicht Prospekte, die kann man wenigstens am helllichten Tag in die Briefkästen stopfen. Aber bevor ich dieser Idee nähertreten konnte, fiel mir gerade noch rechtzeitig dieser Altmeister ein, der bei uns zwei- bis dreimal in der Woche mit seinem Hackenporsche durch die Gegend rennt, um die Siedlung mit Futter für die Papiertonne zu versorgen. Wenn man nämlich einmal erlebt hat, wie der arme Kerl am Japsen ist und kaum noch die zwei Stufen bis zu unserer Haustür hochkommt, da kamen mir doch ärgste Bedenken, wie ich vier Wochen nach Dienstantritt unterwegs sein würde. Wenn ich dann überhaupt noch unterwegs sein könnte. Man weiß es ja nie. Und so hab ich für mich beschlossen, den Versuch erst gar nicht zu starten. Soll doch besser ein anderer Oldtimer durch die Gegend flitzen. Ich meine, man muss schließlich auch mal gönnen können.

Genau das Gleiche hab ich mir auch bei so genialen Vorschlägen wie Nachtportier oder Museumswärter gedacht. Und auch bei Seniorenmodel für lange Unterhosen. Da hab ich einfach nicht die Figur für.
Blöderweise hatte sich damit allerdings die Liste in der TV-Zeitung erschöpft, woraufhin sich in mir doch so etwas wie Resignation breit zu machen begann. Doch genau da kam meine Frau mit der, wie sie meinte, ultimativen Idee um die Ecke.

„Hier", sagte sie, und schwenkte ein Apotheken-Magazin. „Die suchen Testpersonal für neue Medikamente."

„Schön und gut, aber was soll ich damit?"

„Na ja", sagte sie, „ich hab mir gedacht, bei deinen ganzen Wehwehchen, da bist du doch der perfekte Kandidat für sowas. Du musst nix weiter machen, als ein paar Pillen oder Tropfen runterzuschlucken und kriegst auch noch Geld dafür. Und wer weiß, vielleicht entdeckst du ja sogar irgendwas Passendes für eine deiner zahllosen Baustellen."

„Du hast gut reden. Und was, wenn von den Mittelchen alles noch viel schlimmer wird? Oder ich am Ende gar das Zeitliche segne?"

„Nun ja", meinte sie da lapidar, „es wäre ja immerhin im Dienste der Wissenschaft."

Da ist mir doch glatt die Spucke weggeblieben.

Als ich mich dann wieder gesammelt hatte, hab ich erst mal einen Haken an die ganze Angelegenheit gemacht. Wird halt nix dazu verdient. Irgendwie wird die Kohle auch so reichen. Man muss ja in meinem Alter auch nicht mehr alles haben.

Obwohl, der Gedanke mit dem Testen hat mich dann doch nicht mehr so recht losgelassen. Vielleicht kämen wir da doch noch ins Geschäft, wenn die Herrschaften nur die richtigen Sachen in die Runde schmeißen täten. Eierlikörfässchen zum Beispiel, Tiefkühlpizza oder Flaschenbier. Oder meinetwegen auch Sitzschalen für Fußballstadien.

Es gibt halt so Dinge, da bin ich einfach Experte. Und ich denke, die potenziellen Interessenten täten gut daran, sich diese Chance auf keinen Fall entgehen zu lassen.

■ ■ ■

Alt ist niemals alt genug

Ist doch mal so, alle wollen alt werden, aber keiner will es sein. Ja nun, warum sollte man auch alt werden wollen, wenn man das Alter nur im Zustand körperlichen und geistigen Verfalls erlebt? Aber das soll jetzt nicht unser Thema sein. Man muss ja nicht angesichts des maroden Zustands dieser Welt auch noch immerfort den Finger in die von diversen altersbedingten Krankheiten geschlagenen Wunden legen. Damit wäre das dann auch geklärt.

Es gibt nämlich noch eine Vielzahl weitere, weitaus erstrebenswertere Gründe, warum es sich lohnt, alt zu werden. Zum Beispiel, dass man nicht der Behauptung folgen will: Wer früher stirbt, ist länger tot. Aber das ist ja im Grunde nur Blödsinn. Und so kann es nicht schaden, wenn wir uns mit der Angelegenheit mal etwas ernsthafter beschäftigen.

Da sind natürlich zuallererst die familiären Gründe. Wollen wir doch unbedingt den Enkel nach der Führerscheinprüfung noch den ersten Unfall bauen sehen. Oder miterleben, wie die Tochter zum siebten Mal vor dem Standesbeamten Stellung bezieht, um den nächsten Trottel um seinen Sparstrumpf zu erleichtern. Oder aber, damit wir noch die Freigabe von Cannabis erleben, um endlich die Plantage im heimischen Heizungskeller zu legalisieren. Was ja, wie wir alle wissen, inzwischen auch tatsächlich geklappt hat.

So richtig alt zu werden ist aber auch für alle die reizvoll, die der Rentenversicherung so lange wie möglich auf der Tasche liegen wollen. Man hat ja schließlich auch lange genug eingezahlt. Es könnte aber auch sein, dass man noch einmal die Stones auf der Bühne sehen möchte, wenn sie zu Micks 100. Geburtstag auf Geriatrie-Tour unterwegs sind.

Sie merken schon, es gibt mannigfaltige gute Gründe, um nicht eher als unbedingt nötig ins Gras zu beißen.

Nun kenne ich allerdings auch Mitmenschen, die, auch wenn Sie es offen niemals eingestehen würden, aus eher vordergründigen Motiven ein hohes Alter anstreben. Und zwar, um möglichst runde Geburtstage zu erreichen. Weil, und jetzt geht's ans Eingemachte, man spätestens ab 80 die Chance sieht, mit seinem Ehrentag in der Tageszeitung präsentiert zu werden.

Wobei, und das soll an dieser Stelle nicht unterschlagen werden, ja nun nicht jede Achtzigerin oder jeder Achtzig-jährige in den Genuss eines solchen Artikels kommt. Da sollte man nämlich schon noch eine zusätzliche Komponente ins Feld führen können: Politiker, gut situierter Geschäftsmann, in jungen Jahren mal erfolgreicher Sportler, oder, auch nicht ganz unwichtig, langjähriger Abonnent.

Wenn man also zu diesem besonderen Zirkel gehört, stehen die Chancen gar nicht mal so schlecht. Alle anderen haben halt Pech gehabt und müssen sich wohl oder übel bis zum 90. gedulden. Da nämlich kommt jeder in die Zeitung. Wenn er denn will. Und wer will das nicht? Außerdem werden die Aspiranten mit den Jahren ja immer weniger. Woran auch die Tatsache, dass die Menschheit immer älter wird, nicht wirklich was ändert. Nicht unterschlagen werden soll zudem, dass zur Geburtstagstorte dann auch der Bürgermeister erscheint. Zweifellos ein zusätzlicher Mehrwert im hohen Alter.

So gesehen kann es schon ein erstrebenswertes Ziel sein, diese 90 Jahre auch zu erreichen. Und alles in unserer Macht Stehende dafür zu tun. Sie wissen schon: Sich gesund ernähren, viel Bewegung an frischer Luft, nicht trinken und nicht rauchen. Hört sich vernünftig an. Ist aber nur die halbe Wahrheit. Denn es gibt zweifellos zahlreiche Beispiele, die es, auch ohne auf die Freuden des Alltags zu verzichten, zu einem bemerkenswerten Alter gebracht haben.

Allen voran selbstverständlich die uns allen bekannte Miss Sophie, die es an ihrem 90. Geburtstag mit ihren vier Jugendfreunden noch mal richtig krachen lässt. Außerdem sei an dieser Stelle unser Altkanzler Helmut Schmidt genannt. Bei dem, was der alltäglich so weggequalmt hat, hätte man das auch nicht unbedingt erwarten müssen.

Nicht zu vergessen dieser italienische Ministerpräsident und Lebemann Silvio Berlusconi. Ich sag nur: Bunga, bunga, und schon wissen Sie, was ich meine. Okay, der hat es am Ende nur bis 86 geschafft, war damit aber immerhin nah dran an den magischen 90 Jahren. Außerdem kam der nicht nur in die Zeitung, sondern sogar ins Fernsehen. Was im Übrigen auch geklappt hätte, wäre er nur 63 geworden. Nun ja …

Wer aber nun die 90 erreicht hat, den packt ganz sicher der Ehrgeiz, jetzt auch noch die 100 zu knacken. Denn da gäbe es zum einen nicht nur einen veritablen Presseartikel samt dreispaltigem Foto. Sowie selbstverständlich auch den Bürgermeister, der dieses Mal sogar einen ebenso veritablen Präsentkorb mitbringt, mag die Stadtkasse auch noch so schwindsüchtig sein. Nein, als Krönung des Ganzen schickt der Herr Bundespräsident zwar nicht das Verdienstkreuz, dafür aber einen herzlichen Glückwunsch aus dem Schloss Bellevue in Berlin. Und mal ganz ehrlich, mehr kann ein Mensch in seinem Leben doch nun wirklich nicht erreichen.

Das Problem ist allerdings, dass, je mehr dieser drei-stellige Geburtstag näher rückt, desto schwerer fällt es den Hochbetagten, die geistige und körperliche Fitness auf einem einigermaßen erträglichen und akzeptablen Niveau zu konservieren. Außerdem kann die ewige Sorge davor, am Ende doch noch kurz vor Ultimo die Waffen strecken zu müssen und damit das angestrebte Ziel nicht zu erreichen, schon einen schweren seelischen Schaden zur Folge haben.

Spätestens da könnte, nein, sollte man zu der Erkenntnis gelangen, dass eben doch alles relativ ist im Leben. Und dass es sich nicht lohnt, hinter irgendwelchen Jahreszahlen her zu hecheln. Wo doch ohnehin Zahlen nichts weiter sind als Schall und Rauch.

Und eh dieser uns die Sinne vernebelt, nehmen wir doch lieber sehenden Auges alles mit, was wir noch kriegen können. Da kann man dann auch leichten Herzens auf die Grüße vom Staatsoberhaupt verzichten und erst recht auf die vom Bürgermeister. Wer dann trotzdem unbedingt noch vor dem Erscheinen der eigenen Todesanzeige in die Zeitung will, kann ja immer noch einen Leserbrief schreiben. Es gibt halt für alles eine Lösung. Man muss sie nur sehen.

Des alten Mannes neue Kleider

Es lässt sich leider nicht vermeiden, dass auch ein Mann meines Alters hin und wieder den Inhalt seines Kleiderschranks einer gründlichen Überprüfung unterziehen muss. Ich könnte da zwar im Grunde ganz gut drauf verzichten, solange noch alles passt und nicht unbedingt aussieht, wie frisch aus der Altkleidersammlung gezogen. Aber meine Frau sorgt schon dafür, dass meine Meinung nicht die ist, die sich am Ende durchsetzt. Und wenn sie mir unmissverständlich mitteilt: „Du brauchst mal wieder neue Klamotten!", dann hat sich jeder Widerspruch von vornherein erledigt.

Trotzdem versuche ich anfangs noch, das eine oder andere Argument in die Runde zu werfen. Zum Beispiel, dass sich mein Kleiderbestand doch noch in einem ausgezeichneten Zustand befindet. Oder dass man doch nun wirklich nicht jedem x-beliebigen Modetrend hinterherlaufen muss. Oder dass es einfach unmenschlich ist, einem Mann die über viele Jahre ans Herz gewachsenen Lieblingsteile gleichsam vom Leibe zu reißen. Aber, Sie werden es ahnen, am Ende fällt keiner dieser Einwände auch nur annähernd auf fruchtbaren Boden.

Und so kommt er, der Zeitpunkt, an dem sie mich unerbittlich in ein Bekleidungsgeschäft nötigt. In dem ich mich allerdings häufig nicht so recht mit dem Angebot anfreunden kann. Außerdem tu ich mich in diesen Läden zumeist schon deshalb total schwer, weil es mir widerstrebt, mich in einer engen Umkleidekabine entkleiden zu müssen, um ein Teil nach dem anderen überzuziehen, nur um es am Ende schweißgebadet wieder auf den Bügel zurückzuhängen.

Deshalb bin ich im Grunde auch gar nicht abgeneigt, wenn meine Frau mir hin und wieder einen der eigentlich für sie bestimmten, bunten Kataloge zuschiebt, aus denen sie für sich gern und oft bestellt. Weil sie in ihrer großen Güte der Meinung ist, dass es doch eigentlich auch für mich nichts Schöneres geben könne, als hier nach Herzenslust zu stöbern, um mir anschließend etwas todschickes ins Haus schicken zu lassen.

Und ehrlich gesagt stehe ich dem durchaus positiv gegenüber. Also stöbere ich, weil meine Frau meint, ich bräuchte mal wieder neue Pullover, in diversen Katalogen, und entdecke spontan mehrere recht ansehnliche Produkte, die ihre Träger perfekt kleiden. Sie umschmeicheln die muskulösen Arme sowie den Six-Pack-bestückten Bauch und betonen das markante Gesicht mit dem Drei-Tage-Bart und dem eisgrauen Blick in die Ferne. Suche mir spontan drei verschiedene Exemplare aus und bestelle sie bei einem bekannten deutschen Versandhaus.

Ein paar Tage später ist die Sendung da, ich entnehme ihr die georderten Pullis und beginne umgehend, den ersten über zu ziehen. Auch wenn ich grundsätzlich immer noch glaube, keine neuen zu brauchen, jetzt, wo sie nun mal da sind, ist man natürlich auch neugierig auf die frische Ware.

Und dann starre ich in den Spiegel und denke: Isses wirklich das, was du bestellt hast? Das in Hochglanzausdruck noch aussah, wie die zweite Haut von Supermann persönlich? Und warum sieht es bei mir aus, als hätte ich einen, zugegebenermaßen schick gemusterten, Kartoffelsack übergezogen? Nochmal kurz nachgesehen, ob die Versender nicht vielleicht das falsche Teil geschickt haben. Aber nee, ist wirklich alles okay, also nix zu meckern. Und trotzdem – ich sehe aus wie eine Vogelscheuche.

Spätestens in dem Moment reift in mir die niederschmetternde Erkenntnis, dass mein Körper ganz einfach andere Farben, Muster oder Schnitte benötigt. Denn ein ausgeprägter Feinkosthügel, hängende Schultern, eine faltige Visage und fehlendes Haupthaar lassen sich nicht mit einem Slim-Fit-Designer-Pulli in einen Modelkörper verwandeln. So gesehen könnte ich mir im Grunde den Blick in diese Modekataloge künftig getrost schenken. Weil mein Bodymass-Index mit dem der Super-Models ganz einfach nicht mehr kompatibel ist.

Okay, er war es im Grunde zu keiner Zeit, aber inzwischen ist der Unterschied so deutlich wie zwischen Currywurst und Filetsteak. Das ist auf der einen Seite sicher bedauerlich, denn wer würde nicht gern aussehen wie George Clooney in seinen besten Zweiten? Andrerseits, und das relativiert das Problem dann am Ende doch gewaltig, was ist schon ein Filetsteak gegen eine anständige Currywurst?

Mit dieser Einstellung trägt man dann auch den unförmigen Schlabberpullover mit Würde und denkt sich: Lass diese Models erstmal 40 Jahre älter sein, dann werden die schon wissen, wovon ich rede. Auch wenn ich das wohl kaum noch erleben werde, aber irgendwie freue ich mich da heute schon drauf.

■ ■ ■

Briefe an die Körpermitte

Gibt es eigentlich etwas Schöneres, als einen gesunden, makellosen Körper sein Eigen zu nennen? Auf den man einfach stolz sein kann, und mit dem man sich auch in Badehose oder Bikini ins Freibad traut, ohne vor Scham im Boden zu versinken? Mal ganz ehrlich, wer würde dazu schon nein sagen? Aber es ist nun mal eine traurige Tatsache, dass ein solches Geschenk des Himmels nur den wenigsten unter uns vergönnt ist.

Ich könnte da ein leidvolles Lied von singen und hätte auf Anhieb eine ganz Liste von Beispielen parat, die an dieser Stelle aufzuzählen das Maß des Zumutbaren sprengen würde. Außerdem gibt es nun wirklich keinen Grund, mit diesen körperlichen Defiziten auch noch zu prahlen. Es reicht, wenn Sie wissen, dass mein Körper eine einzige Problemzone auf zwei Beinen ist. Wobei ich die Beine dabei nicht einmal ausschließen möchte.

Andrerseits müssen wir uns mit diesen Schwachstellen ja trotzdem irgendwie arrangieren. Schließlich haben wir nun mal nur diesen einen Körper und müssen mit ihm unser Leben fristen. Ob wir nun wollen oder nicht. Das kann einem schon aufs Gemüt schlagen und in besonders ausgeprägten Fällen schlimmste Depressionen zur Folge haben. So wird es Sie nicht wundern, dass ich stets mit offenen Augen und Ohren unterwegs bin, um vielleicht irgendwo eine Lösung für den Umgang mit meinen körperlichen Problemen zu entdecken.

Nun sehe ich doch tatsächlich eines Abends in einer Talkshow diese etwas füllige Frau, die genau zu diesem Thema nicht nur eine Idee entwickelt, sondern dazu auch gleich noch ein Buch geschrieben hat. Was ja irgendwie auch logisch ist. Denn warum sollte sie sonst in einer Talkshow sitzen?

Jedenfalls sitzt diese Frau dort und erzählt der staunenden Umwelt allen Ernstes, dass sie eines Tages damit begonnen hat, Briefe an ihre Problemzonen zu schreiben. Um ihnen durch diese Kommunikation gleichsam ihren Schrecken zu nehmen. Und mein erster Gedanke war: Hallo, geht's noch? Briefe an Wampe, Schulter und das wacklige Knie? Und dann? Schicken die mir 'ne Antwort? So in der Richtung: Alles klar, Alter, und sorry, dass wir nicht so in Form sind, wie du es gern hättest. Wir geloben Besserung. Oder andersrum: Sieh zu, wie du klarkommst, wir können dir da echt nicht helfen. Haben schon genug mit uns selbst zu tun.

Okay, es gibt Menschen, die reden mit ihrem Auto. Oder mit Kühlschrank und Fernseher. Aber sowas kann man ja auch nicht unbedingt ernst nehmen. Warum also sollte das mit den Briefen funktionieren? Andrerseits, wenn diese leicht mehrgewichtige Dame damit Erfolg hatte, was sie den Moderatoren wie TV-Zuschauern höchst eindrucksvoll versicherte, warum sollte man ihr nicht Glauben schenken? Und das Ganze mal selbst ausprobieren? Schließlich heißt es doch nicht umsonst: Versuch macht klug! Und schaden tut es ja nicht. Ich muss es ja erstmal keinem erzählen.

Und so hab ich mich denn hingesetzt und als erstes einen Brief an meinen Bauch samt den seitlichen Haltegriffen verfasst:

Liebe Körpermitte, vielleicht wirst du dich jetzt wundern, von mir Post zu erhalten. Ist ja auch bislang noch nicht vorgekommen. Da wäre ich an deiner Stelle auch verblüfft. Aber irgendwann ist halt immer das erste Mal. Also, es geht um folgendes: Erstmal wollte ich dir sagen, wie froh ich bin, dass ich dich habe. Denn mal unter uns, was wäre ein Mann ohne seinen Bauch? Doch nur 'ne halbe Portion. Irgendwie unvollständig. Doch, doch, da übertreibe ich jetzt nicht. Nun heißt es allerdings auch, dass weniger ja mitunter mehr sein kann. Deshalb wäre ich dir mehr als dankbar, wenn du in den nächsten Wochen vielleicht einen klitzekleinen Schrumpfungsprozess in Erwägung ziehen könnest. Du würdest mich zu einem glücklichen Menschen machen. Denk doch mal drüber nach. In inniger Verbundenheit. Dein Mensch.

Von da an habe ich ungeduldig auf seine Reaktion gewartet. Nicht, dass er mir zurückschreibt. Das wäre sicher zu viel verlangt. Aber so ein kleines Zeichen der Akzeptanz, so nach dem Motto: Jepp, ich habe verstanden.

Kannst dich drauf verlassen. Und an meiner Masse, da werde ich von jetzt an arbeiten, versprochen.

Aber da kam nix. Es passierte auch nix. Und so habe ich es nach ein paar Wochen erneut versucht. Dieses Mal im Ton schon etwas energischer.

Hallo Bauch, ich bin's mal wieder. Wollte mal höflich an meinen letzten Brief erinnern. Will aber auch nicht verhehlen, dass ich doch ein wenig enttäuscht bin von dir. Denn ein wenig mehr Entgegenkommen hätte ich mir schon erhofft. Nur mal ein Zeichen des guten Willens. Ein paar Gramm oder Zentimeter weniger. Aber da kommt bislang leider nix von dir. Also, streng dich doch in Zukunft bitte ein bisschen mehr an. Da hätten wir schließlich beide etwas davon. In diesem Sinne.

Und dann hieß es wieder warten. Täglich auf die Waage steigen und mit dem Zentimetermaß nachmessen. Und Sie werden es schon ahnen: Der Erfolg war gleich Null! Immer noch keine Resultate. Keinerlei Resonanz. Auch nach einem Monat nicht. Also habe ich beschlossen, ihm noch eine letzte Chance zu geben. Und damit auch einen letzten Brief.

Hör mal, Wampe, ich habe den Eindruck, du verstehst diese ganze Übung nicht. Ja, glaubst du denn, ich mache mich hier zum Affen, und du reagierst in keinster Weise? Ich hatte ja von Anfang an meine Zweifel. Aber dass du mich derart auflaufen lässt, dass hätte ich echt nicht erwartet. Was bildest du dir eigentlich ein? Also, sieh zu, dass da jetzt doch noch was passiert. Sonst war's das mit uns beiden. Ich hoffe, wir verstehen uns.

Doch es kam, wie es irgendwie auch kommen musste. Der Fettsack war stinkig und beleidigt. Und zwar so sehr, dass er umgehend damit begonnen hat, an Gewicht und Umfang zuzulegen. Das hab ich jetzt davon. Aber was will man von so einem Speckgürtel auch anders erwarten? Mein Bauch ist anscheinend Legastheniker, kann also nicht lesen. Und lernt demzufolge auch nichts dazu. Also habe ich mich entschlossen, ihn künftig nicht mehr mit Nachrichten irgendwelcher Art zu behelligen. Ist er ja selbst dran schuld. Dafür werde ich mich mal morgen schriftlich an meinen Magen-Darm-Trakt wenden. Sie wissen schon: Sodbrennen, Aufstoßen, Völlegefühl. Da gibt es sicher noch ein weites Betätigungsfeld. Und vielleicht ist die Region ja auch intelligenter und lernfähiger als mein ausufernder Feinkosthügel. Einen Versuch jedenfalls ist es allemal wert. Würde mich freuen, wenn mein Körper das genauso sähe.

■ ■ ■

Was du nicht sagst

Mit Wiederholungen, wer wüsste das nicht, ist das oft so eine Sache. Die einen haben damit absolut keine Probleme, andere wiederum verabscheuen sie zutiefst. Nehmen wir zum Beispiel diese leidigen Wiederholungen, mit denen uns die TV-Sender alle Jahre wieder die Bildschirme verdunkeln.

Sei es in den Sommermonaten, in denen die Herrschaften offensichtlich die gesamte Republik im Urlaub wähnt. Oder zu den üblich Anlässen wie Muttertag, Ostern oder Weihnachten. Ich sage nur: Der kleine Lord, Sissi, Kevin allein zu Haus. Ich meine, es soll ja Menschen geben, die sich auch den 50. Aufguss noch voller Begeisterung und Spaß inne Backen reinziehen. Aber mal ehrlich, irgendwann ist doch auch mal Schluss mit lustig. Wobei es ja so wirklich lustig ja im Grunde schon seit einer halben Ewigkeit nicht mehr ist.

Und noch ein weiteres Beispiel soll uns dabei helfen, die Widerholungsproblematik ein wenig zu erhellen. Vielleicht kennen Sie ihn ja, diesen Witz, in dem ein Mann gefragt wird, ob es denn wohl besser sei, eine Lehrerin oder eine Sprechstundenhilfe zur Partnerin in Liebesdingen auszuwählen. Und sein Zuschlag geht, was doch einige unter uns erstaunen dürfte, eindeutig an die Lehrerin. Lautet ihr Credo doch: „Und jetzt wiederholen wir das Ganze noch einmal von vorn", während es bei der Dame aus der Arztpraxis heißt: „Der Nächste bitte".

Okay, dieser Schenkelklopfer auf Stammtischniveau ist jetzt nicht unbedingt der Brüller, eher Marke „abgestandener Altherrenwitz". Er verdeutlicht uns aber immerhin auf sehr anschauliche Weise, dass es durchaus Situationen gibt, in denen uns häufige Wiederholungen gar nicht mal so unliebsam sind.

Doch nun zu meinem eigentlichen Anliegen, bei dem es weder ums Fernsehprogramm noch um Sexualpartnerschaften geht. Beides sind im Grunde Peanuts im Vergleich zu dem Problem, mit dem ich seit geraumer Zeit zu kämpfen habe. Das überflüssig ist wie ein Magen-Darm-Virus an Heiligabend, sich aber derart in mein Leben eingeschlichen hat, dass ich es einfach nicht mehr ignorieren kann.

Und ich bin sicher, dass ich damit auf dieser Welt nicht allein bin. Nämlich damit, dass mir, angefangen von Schwiegermutter über die Kumpels von der Muckibude und die alten Jugendfreunde bis hin zu Leuten, die ich eher beiläufig kenne, alle möglichen Menschen nicht nur im Überschwang ihres Mitteilungsdrangs ein Ohr abkauen, sondern ihre weltbewegenden Informationen auch noch in kurzer Frequenz gleich mehrfach zum Besten geben.

Sollten Sie sich in ähnlichen Kreisen bewegen, werden Sie wissen, wie lästig das ist, wenn man Ihnen innerhalb von zehn Minuten dreimal erklärt, dass man am Nachmittag gedenkt, im Supermarkt einen Sack Kartoffeln zu kaufen oder den Müllbeutel rauszubringen. Ich geb Ihnen, wie Sie das von mir gewohnt sind, gern mal ein Beispiel, damit Sie wissen, wovon ich rede.

Man sitzt, sagen wir mal, nach dem Joggen oder einem Tennismatch noch nett auf ein Bierchen zusammen und fragt beiläufig: „Was geht denn bei dir heute Nachmittag noch so ab?"

„Ja nu", lautet die Antwort, „ich werde wohl mal wieder meine Bierdeckelsammlung sortieren. Und mit dem Hund muss ich auch noch raus. Und du?"

„Als Erstes werde ich den Rasen mähen müssen."

„Na ja, Rasen hab ich ja keinen. Aber mit dem Hund, mit dem muss ich dann nachher noch raus."

„So, so, nun ja, ich sag immer, watt mutt, datt mutt. Kann man sich nicht gegen wehren."

„Sag ich auch immer. Ich werde aber auch noch meine Bierdeckelsammlung sortieren. Wär ja sonst auch langweilig."

„Da sagst du was. Darum will ich nach dem Rasenmähen noch an meinem neuen Fotobuch arbeiten. Das von der letzten Kreuzfahrt in die Karibik."

„Hört sich doch gut an. Müsste ich mich auch mal mit beschäftigen. Wenn ich die Zeit dafür habe. Jetzt muss ich erstmal mit dem Hund raus und meine Bierdeckelsammlung neu sortieren."

„Ich glaube, das sagtest du bereits. Na ja, jeder hat halt so Seins. Ich jedenfalls werde am späten Nachmittag meine Gitarre mal wieder zur Hand nehmen und ein paar rockige Akkorde dreschen."

„Oh, geil, *Smoke On The Water* oder so? Coole Sache, mein Lieber, da könnt ich mich echt auch für interessieren. Aber du weißt ja ..."

„...lass mich raten, doch nicht etwa der Hund? Egal! Vielleicht werde ich aber auch mal wieder ne gepflegte Runde zocken. Hab ich schon lange nicht mehr gemacht."

„Ich auch nicht. Muss schon ewig her sein. Aber nutzt ja nichts, ich muss ja schließlich mit dem Hund raus ..."

„Ja, nee is klar", schreie ich, „und anschließend deine Briefmarkensammlung sortieren!"

„Ganz genau", sagt mein Gesprächspartner erfreut. „Aber warum schreist du so, und vor allem, woher weißt du das? Ich dachte, ich hätte dir das noch gar nicht erzählt."

Allzu viel ist ungesund

Vielfalt ist eine schöne Sache. Ob Pflanzen- oder Tierwelt, ob Biersorten oder Urlaubsziele. Mitunter kann es aber auch schnell der Vielfalt zu viel werden. Wenn man zum Beispiel im Restaurant vor lauter Auswahl nicht weiß, was man bestellen soll. Oder sich nicht entscheiden kann, welches Deo am besten zu unserer Achselhöhle passt.

Darüber hinaus gibt es ein weiteres Gebiet verwirrender und überbordender Angebote. Und zwar ausgerechnet da, wo man es am wenigsten erwarten würde. Das Stichwort heißt: Fernsehprogramm. Nun nicht unbedingt die vielfältige Auswahl im Programm. Da ist ja neben Krimis, Sport, Quiz und Daily Soaps en masse nicht mehr allzu viel. Nachrichten vielleicht noch. Dann ist aber auch schon Schluss mit lustig.

Aber nehmen wir jetzt mal nur das weite Feld der Kriminalfilme und -serien. Da wimmelt es doch nur so von Tatorten, Sokos, Notrufen, Kommissaren und Halunken, dass man da schon mal ganz schnell den Überblick verlieren kann. Ich will Ihnen jetzt nicht zu nahe treten, aber blicken Sie, sofern Sie denn zur Gattung der Krimikonsumenten gehören, da überhaupt noch durch? Also ich für meinen Teil stoße da mittlerweile doch arg an meine Grenzen. Und ich denke mitunter, man muss schon Hirnakrobat oder hochbegabt sein, um das alles noch auf die Reihe zu kriegen.

Nun könnte man dieses Problem elegant aus der Welt schaffen, indem die gesamte Krimi-Belegschaft kurzerhand in Rente geschickt wird. Damit ließe sich zweifellos verhindern, dass einer wie ich in heilloser Verwirrung das Handtuch werfen muss. Das würde allerdings auch bedeuten, dass von jetzt auf gleich gefühlt 50 Prozent des TV-Programms wegbrechen würden. Und mal ehrlich, die eine oder der andere aus der Riege der Kommissarinnen und Ermittler ist uns ja über die Jahre doch irgendwie ans Herz gewachsen. Da möchte man ja nicht unbedingt alle auf einen Schlag gleichsam mit dem Rasenmäher rasieren.

Aber wie soll er denn nun aussehen, der Königsweg, der alle gleichermaßen glücklich macht? Sicher eine gute Frage. Und mir ist nach längerem Nachdenken tatsächlich eine Idee gekommen, wie man das Problem geschickt aus der Welt schaffen könnte.

Wie wäre es denn, wenn man die bisherige kriminalistische Kleinstaaterei zu einem Großen und Ganzen zusammenführte? Soll heißen, alle Beteiligten vereint in einem einzigen Krimiformat, von dem an jedem Tag eine Folge über den Bildschirm flimmert. Alle könnten ihre Jobs behalten, keiner käme zu kurz, auch nicht von den Zuschauern (oder heißt das jetzt Zuschauende?), und niemand müsste mehr herumirren im Dschungel von Titeln, Orten und Akteuren, von Mördern, Räubern und Ehebrechern.

Nun hört sich das alles erstmal recht theoretisch an und ich könnte gut verstehen, wenn Ihre Begeisterung nicht sofort durch die Decke geht. Damit Sie aber eine Vorstellung von dem bekommen, was ich Ihnen soeben versucht habe, näher zu bringen, will ich Ihnen das mal an einem möglichen Drehbuch kurz skizzieren.

Also, auf der Halde Hoheward wird eine Leiche gefunden. Entdeckt von Erwin Kubatzki auf seiner allmorgendlichen Jogging-Runde. Er ruft die 110 an und schon kurze Zeit später ist *Kommissar Faber* aus Dortmund vor Ort. Hat ja auch den kürzesten Weg. Weiß aber nicht so recht, was er von der Sache halten sollt und ruft *Professor Boerne* aus Münster zur Hilfe, der umgehend mit seiner *Assistentin Alberich* anreist. Zu dritt stehen sie grübelnd am Tatort und sind sich schnell einig: „So kommen wir hier nicht weiter."

Sie beschließen, den *Staatsanwalt* hinzuzuziehen, der auch umgehend aus Wiesbaden anreist, weil die hiesigen Kollegen auf Betriebsausflug sind. Er wiegt bedächtig, so wie wir das von ihm kennen, das graue Haupt und spricht dann die entscheidenden Worte: „Ich glaube, das ist *Ein Fall für Zwei*."

Das sehen auch die übrigen Beteiligten so und fordern kurzerhand *Marie Brand* und *Helen Dorn* an. Die Damen lassen sich nicht lange bitten, komplettieren umgehend das Team und lassen sich zum Vorschlag hinreißen, ob man nicht die *Bergretter* einschalten sollte. „Bergretter?", fragt *Faber* zweifelnd, „bei dem Hügelchen?"

„Nun gut", sagt *Marie Brand*, „dann sollten wir aber wenigstens weitere Expertise und Erfahrung dazu holen." Diese Idee wird für gut befunden und man einigt sich auf den *Alten* und die *Rentnercops*. Damit hat die ermittelnde Belegschaft inzwischen nahezu die Stärke einer Fußball-Frau- und -Mannschaft erreicht. Dennoch tappt man immer noch so ziemlich im Dunkeln, obwohl die Sonne mittlerweile in ihrem Zenit steht. „Ich denke, es ist an der

Zeit, *die Chefin* einzubeziehen", meint *Börne*, und er erntet viel Beifall dafür. „Die hat immerhin schon das Rätsel der *Toten vom Bodensee* gelöst. Die wird uns sicher auch hier weiterhelfen."

Gesagt, getan. Ein Anruf und die taffe Ermittlerin aus München gibt ihr Okay. Nimmt dabei auch gleich noch ihre Tatort-Kollegen *Batic* und *Leitmeyer* mit, weil im nagelneuen Dienst-BMW Platz genug ist. Und warum soll man ohne Not Benzin vergeuden? Oder ist es ein E-Auto? Na ja, egal. Entscheidend ist, sechs Augen sehen nun mal mehr als zwei und somit macht man ganz sicher nichts verkehrt.

Oben auf der Halde angekommen genießen die zwei Bazis samt ihrer Bazine erstmal den herrlichen Rundum-Blick und stellen dann fest: „Das ist hier ja tatsächlich *Mord mit Aussicht.*" Anschließend wenden sie sich der Leiche zu, machen „Oh, oh" und „Uiuiui" und „Ja mi leckst am Orsch", was allerdings nur wenig zur Aufklärung der Tat beiträgt.

So langsam macht sich bei der Truppe Ratlosigkeit breit. Da meldet sich wieder *Boerne* zu Wort. „Wenn die versammelte Polizisten-Power hier nicht mehr weiterkommt, warum nicht einen Privatermittler hinzuziehen? Bei uns in Münster treibt ja dieser *Wilsberg* sein Unwesen. Unkonventionell aber erfolgreich."

Der Detektiv lässt sich nicht lange bitten, ist ja auch chronisch pleite, und bringt gleich noch seinen Kumpel *Ekki* mit. Obwohl, eigentlich ist es ja genau andersrum, denn *Ekki* muss fahren, weil *Wilsberg* kein eigenes Auto hat. Damit wäre die Schar der Schnüffelnasen inzwischen auf 14 angewachsen. Sie alle stehen voller Erwartung um den Antiquar aus Münster herum, der die Leiche in Augenschein nimmt. Und sind völlig aus dem Häuschen, als er nüchtern feststellt: „Die kenn ich, hat hier früher mal gewohnt. War dann aber plötzlich weg. Wie ich hörte, war ihre *Letzte Spur Berlin*. Aber warum sie jetzt ausgerechnet hier liegt? Sorry, aber ich hab da echt keinen blassen Schimmer.“

Na, das war ja wohl ein klassischer Schuss in den Ofen. Und so wundert es nicht, dass Irgendjemand den fast schon verzweifelten Vorschlag macht.“ Vielleicht sollten wir eine *SOKO* hinzuziehen.“ Ja, ist man sich einig, das könnte sicher nicht schaden. Aber welche? *Stuttgart, Köln, Wismar*? Oder doch lieber die Combo aus *Leipzig*? Man will ja auch nichts falsch machen. Und so wird entschieden: Bevor am Ende noch einer beleidigt ist, sollen sie doch alle kommen. Dazu auch gleich noch *Sarah Kohr*, das Team vom *Quartett* und vom *Frieslandkrimi*. Denn wie heißt es doch so schön seit Jahrzehnten: Wenn man nicht mehr weiter weiß, macht man einen Arbeitskreis.

„Ja, aber“, kommt da vorsichtig der Einwand, „die sind ja alle vom ZDF.“

„Na, wenn schon“, kommt umgehend die versöhnliche Beschwichtigung, „dann laden wir halt auch alle *Tatort*-Kommissare hierher ein. Ich sag euch, so eine geballte Kompetenz hat die Welt noch nicht gesehen. Und am Ende lösen wir den Fall dann per Mehrheitsentscheid.“

Und genau so wird's gemacht. Mit großem Hallo trifft sich die Elite der deutschen Ermittler ausgerechnet auf einer Halde an der Ortsgrenze zwischen Recklinghausen und Herten. Nach kurzer aber intensiver Debatte einigt man sich auf Tod durch spontan auftretenden Höhenrausch. Man sollte halt so eine Ruhrgebiets-Halde nicht unterschätzen. Anschließend beschließt die Versammlung, den Rest des Wochenendes als Betriebsfest zu deklarieren. Currywurst, Pommes und Pils-Flatrate inklusive.

Genau so könnte ich mir das vorstellen. Friedliche Koexistenz, einmütige Partnerschaft und ein harmonisches Großes und Ganzes statt eines undurchsichtigen Wustes von Sendungen, Formaten und Kriminalisten, bei dem auch der hartgesottenste Krimi-Fan den Überblick verliert.

Sie sehen, mitunter ist es ganz einfach, praktikable Lösungen zu finden. Man muss nur ein wenig kreativ und bereit sein, über den Rand seines Flatscreens hinauszuschauen. Ich jedenfalls habe dieses epochale Konzept bereits den deutschen Krimiproduzenten und Sendeanstalten zur Verfügung gestellt. Und bin überzeugt, die Umsetzung steht unmittelbar bevor. Achten Sie mal in Ihrer Fernsehzeitung darauf.

■ ■ ■

Film ab

Es gibt hierzulande wohl kaum etwas, über das sich so trefflich streiten lässt, wie das Fernsehprogramm. Außer vielleicht Politik oder Handelfmeter beim Fußball. Aber das sind dann doch Themen, bei denen man ohnehin selten ein Bein auf die Erde kriegt.

Also zurück zum TV. Und hier im Besonderen zur Flut von Spielfilmen, Krimis, Heimatschmonzetten und was es da so alles gibt. Mal ehrlich, wie oft hat man da nicht schon gedacht, dass den Drehbuchschreibern irgendwie nichts rechtes eingefallen ist. Weil man häufig gar nicht weiß, was uns der Filmemacher damit eigentlich sagen will. Oder weil wir vor lauter Langeweile fast ins Koma gefallen wären. Oder weil sie dermaßen bescheuert sind, dass wir spontan denken: So einen Schwachsinn hätten wir auch selbst hingekriegt. Und zwar tausendmal besser. Ich möchte fast wetten, dass es Ihnen immer mal wieder genau so geht.

Und so hab ich mir überlegt, wo ich doch schon komische Geschichten am Verfassen bin, könnte ich mich doch auch mal an so einem Drehbuch versuchen. Weil nun aber unsereiner ja nicht so ganz firm ist in diesen Dingen und deshalb auch nichts falsch machen will, hab ich beschlossen, vorsichtshalber bei Tim Steiger, einem ausgewiesenen Experten der Leinwandbranche, nachzufragen, worauf ich denn nun zu achten hätte, um am Ende den absoluten Blockbuster vom Stapel zu lassen. Schließlich sollen sich die Kinos dieser Republik irgendwann mal geradezu prügeln um das fertige Produkt. Und deshalb, so war ich mir sicher, konnte es definitiv nicht schaden, von den Besten zu lernen.

Als wir uns treffen, legt er gleich ohne Umschweife los.
„Als Erstes brauchst du natürlich schon mal per se ne Klasse Idee, aus der sich ne tolle Story basteln lässt."

„Ach", erwidere ich flapsig, „da wäre ich ja im Leben nicht selbst drauf gekommen."

„Ja, das sagt sich so leicht. Aber ich sage dir, da lauern schon die ersten Fettnäpfchen und Fallstricke."

„Tatsächlich?", frage ich entgeistert.

„Ja, tatsächlich. Denn es gibt Themen, da sollte man lieber die Finger von lassen. Politik und Kirche zum Beispiel. Immer ne ganz schwierige Gratwanderung. Auch Gesundheitswesen muss nicht unbedingt sein. Da meint jeder, er wüsste sowieso alles besser und könnte mitreden, weil er mal was gesehen oder gelesen hat. Außerdem gibt es schließlich schon den Bergdoktor und die Sachsenklinik, dazu jede Menge andere Medizinmänner und Weißkittel. Also lass es lieber."

„Ja, okay, das leuchtet mir ein. Und wenn ich das alles berücksichtige, dann kann ich endlich loslegen, oder wie seh ich das?"

„Ja, von wegen, mein Lieber, jetzt geht's erst richtig los. Worauf du nämlich unbedingt achten musst, ist, dass du immer mindestens genauso viele Weiblein wie Männlein mitmachen lassen. Sonst nimmt dich Alice Schwarzer schon mal persönlich auseinander. Stichwort: Frauenquote und Chancengleichheit. Hast du sicher schon mal von gehört."

Ich muss zugeben, dass mir das Thema nicht fremd ist, aber der gute Tim ist damit noch nicht zufrieden.

„Wobei Weiblein und Männlein ja mittlerweile längst nicht mehr das Maß aller Dinge sind. Heute darf man auf keinen Fall die vergessen, die beides oder gar nichts sind oder vom dritten Geschlecht, also divers. Da muss man heutzutage höllisch auf Zack sein."

Ja, auch davon hab ich selbstverständlich schon gehört. Man ist ja schließlich nicht von vorgestern.

„Außerdem ganz wichtig", fährt mein Experte fort, „es muss mindestens ein Schwuler oder eine Dame dabei sein, die ebenfalls der gleichgeschlechtlichen Liebe frönt. Dazu unbedingt ein farbiger Mitbürger, wobei es im Grunde egal ist, ob jetzt Asiate, Afrikaner oder Latino. Und fast schon ein Muss: Rollstuhlfahrer. Oder Rollstuhlfahrerin. Oder heißt das inzwischen Rollstuhlfahrende? Egal. Am besten wäre sowieso, wenn du einen schwulen und blinden Menschen mit maximal pigmentierter Hautfarbe im Rollstuhl einbaust. Da hast du dann schon mal jede Menge Kriterien abgearbeitet."

„Aber", wende ich ein, „was ist denn dann mit Gehörlosen, Gebrechlichen und Übergewichtigen im Seniorenalter?"

„Ja", meint er, „gut dass du das ins Spiel bringst. Ich merke schon, dass du das Grundsystem verstanden hast. Also, wenn du auch das geschickt einarbeitest, dann bist du auf alle Fälle schon mal ganz vorne mit dabei. Allerdings heißt das heute nicht mehr übergewichtig sondern mehrgewichtig."

„Ach, nicht dick?"

„Um Gottes Willen, das wäre absolut diskriminierend."

„Ja, da muss man heutzutage schon sehr vorsichtig sein."

„Das", so fährt mein Instruktor fort, „im Übrigen auch für die Religion gilt. Okay, evangelisch, katholisch ist nicht wirklich ein Problem. Die werden ja sowieso immer weniger. Aber man sollte schon die Muslime und Juden nicht vergessen. Sonst heißt es am Ende noch, man sei ein Rassist. So hast du zwar Schlagzeilen, aber nicht die, die deinen Film zum Kassenschlager machen."

„Aber damit isses doch wohl hoffentlich endlich mal gut, oder?"

„Na ja, wenn du wirklich nichts falsch machen willst, dann solltest du schon noch ein Gleichgewicht herstellen zwischen Unternehmern und Gewerkschaft, Selbständigen und Arbeitnehmern, Fleischessern und Vegetariern, Machos und Softies …"

„Hör bloß auf. Am Ende auch noch Schwimmer und Nichtschwimmer, Perückenträger und Glatzköpfe und was weiß ich. Das kann doch alles nicht wahr sein."

„Ist aber leider so. Und weißt du was? Einen hab ich sogar noch. Denn schließlich brauchst du ja auch noch Musik in deinem Film. Und da kann es nun wirklich nicht schaden, wenn du darauf achtest, dass du ein ausgewogenes Verhältnis hinkriegst zwischen Klassik, Pop und Heavy Metal. Weil", und damit beendet er unser Gespräch, „soll ja schließlich keiner zu kurz kommen, gelle?"

Nein, hab ich mir gedacht, um Gottes Willen, soll mir doch keiner vorwerfen können, auch nur irgendwas oder irgendeine Spezies vernachlässigt zu haben. Das wäre ja noch schöner. Aber was, wenn mir an irgendeiner Stelle doch ein übler Lapsus unterlaufen sollte? Wenn ich womöglich versäumte, eine zockende Altenheimbewohnerin, einen humpelnden Rheumasalbenverwender oder zwei kettenrauchende Lottomillionäre mit Vorliebe für baumwollene Boxershorts in die Handlung einzubauen? Vielleicht auch eine schlechtgelaunte Hundekotbeutel-Entsorgerin mit hartnäckigem Zahnstein oder einen unrasierten Rekordnationalspieler mit Hang zu halbseidener Damenunterwäsche. Ja, was wäre dann? Ich befürchte, der Super-Gau wäre vorprogrammiert.

Und so habe ich schweren Herzens den Entschluss gefasst, die Finger von sämtlichen Filmprojekten zu lassen und mich lieber weiter über das Angebot im TV zu ärgern oder zu langweilen.

Schließlich habe ich immer noch meine seltsamen Geschichten. Da kenne ich mich aus und weiß, was ich zu tun habe. Obwohl, wenn man es mal bei Lichte betrachtet, wäre es sicher nicht verkehrt, auch bei diesen Texten künftig besondere Vorsicht walten zu lassen und alle Eventualitäten zu berücksichtigen. Ich meine, bevor sich am Ende doch noch irgendjemand auf den Schlips getreten fühlt. Auch wenn heutzutage ja kaum noch einer so einen Seidenlappen um den Hals trägt. Aber darum geht es ja nicht. Und ist im Grunde auch wurscht, denn zum Glück habe ich gerade noch die Kurve gekriegt und mir das gesagt, was sich auch ein bajuwarischer Lederhosenträger sagen würde: Was für ein Schmarrn! Die Gedanken sind schließlich frei, wie es ja auch in diesem bekannten Volkslied heißt. Und deshalb wird weiterhin politisch unkorrekt geschrieben. Man kann es auch übertreiben und ohnehin nicht jedem Recht machen. Und mal ganz ehrlich, muss man auch nicht. Ich denke mal, da sind wir einer Meinung.

Ehre wem Ehre gebührt

Wer von uns kennt sie nicht, all diese Ehrungen und Auszeichnungen, für die Schauspieler, Sänger und Moderatoren seltsamer TV-Sendungen ihr letztes Hemd geben würden? Es gibt sie wie Sand am Mittelmeer und in aller Welt. Sie heißen Oscars, Emmys und Grammys, während hierzulande eher Löwen, Bambis, Lolas sowie goldene Hennen oder Kameras an Frau und Mann gebracht werden.

Aber ganz gleich wo, was und an wen auch immer, die glückstrahlenden Gewinnerinnen und Gewinner kriegen sich gar nicht mehr ein vor lauter Stolz und Freude und haben zumeist nur den einen Wunsch: Sich bei aller Welt zu bedanken! Und damit auch nun wirklich niemand vergessen wird, kommen nicht nur ausnahmslos alle in den Genuss der Aufzählung, die in irgendeiner Weise den Lebensweg des Preisträgers gesäumt haben. Es wird brav vom vorbereiteten Spickzettel abgelesen, der spontan aus der Handtasche oder dem Smoking gezogen wird.

Angefangen von Mama und Papa über die Nanny, Pauker und Kollegen, die Regisseure und Drehbuchschreiber oder wahlweise Produzenten und Komponisten, Manager und Berater bis hin zum Friseur und Taxifahrer, zur Maskenbildnerin und Putzfrau. Im Grunde von der Hebamme bis zum Bestatter, obwohl es natürlich richtig ist, dass diese Menschen ja alle noch leben. Andrerseits greift ja inzwischen die Maßnahme um sich, schon zu Lebzeiten alles für das Hinwegscheiden aus dieser Welt geregelt zu haben. So gesehen … Aber egal, ich merke, ich schweife gerade ab. Also lassen wir das lieber.

Was nun den Akteuren auf den ganz großen Showbühnen recht ist, ist Erwin Kosloswki selbstverständlich billig. Der Türsteher vor der Disco „Zappel-Zeche" wurde exakt dort von einem umtriebigen Regisseur für eine Nebenrolle im Film „Komm, geh wech, du alte Schabracke" entdeckt. In dem er sich quasi selbst spielt. Also muskelbepackter Rausschmeißer mit einem Hang zu körperbetonter Konfliktlösung, dafür aber mit jeder Menge Sonne im Herzen. Und wie es der Deubel will, hat ihm die überzeugende Darstellung seiner selbst einen Preis für den besten Nebendarsteller eingebracht.

So steht er jetzt hier auf der Bühne, nachdem man ihm ein undefinierbares Figürchen in die Hand gedrückt hat, und grinst ein wenig blöde ins Gelände. Das Publikum johlt vor Begeisterung, und dann sagt der schmierige Moderator: „Na, da ist jetzt aber wohl mal ein dickes Dankeschön fällig, oder wie seh ich das?"

Erwin sieht das ganz genauso.

„Jau, Leute, ich sach dann mal Danke für dieset Teil hier und sowieso für allet, nä?"

Und als der Moderator gönnerhaft feststellt: „Na also, das hätten wir dann ja auch geschafft", da fährt ihm der ansonsten eher zu Trägheit und Pragmatismus neigende Erwin mit Schmackes in die Parade.

„Ja, Moment mal, Meister, dat war doch erstmal nur der Anfang. Jetzt hälste ma schön die Luft an und lässt Onkel Erwin machen. Also, Leute, ich bedanke mich dann mal von ganzen Herzen bei meine Mamma. Denn wenn die mich nich auffe Welt gebracht hätte, wär ich ja jetzt nich hier, is klar, nä?

Und wenn ich schomma dabei bin, bedank ich mich auch bei meinen Vatta. Ich kenn den zwar nich, aber irgendwie war der bei meine Produktion ja auch beteiligt. Auch für unser Omma Hildegard an diese Stelle ein dicket Dankeschön. Hat mich schließlich immer wieder ausse Bedrullje gerettet, wenn ich ma wieder Scheiße gebaut hatte in meine junge Jahre. Und dat kam öfter vor, als et vielleicht nötich gewesen wäre.

Ja, und weil mitunter auch de Omma nich mehr helfen konnte, bedank ich mich natürlich auch bei mein Bewährungshelfer, der mich immer wieder aufen Pfad vonne Tugend geholfen hat. Später waren da noch meine Trainer vonne Muckibude und mein Anabolika-Händler, ohne die ich nich die Muckis hätte, wie ich se heute mein eigen nennen kann.

Tja, dat wär et eigentlich. Oder hab ich noch wen vergessen? Ach ja, meine Kumpels Manni und Hotte, die alten Strategen, bei denen ich immer ne volle Kiste Pils vorfinde, wenn et mich danach is. Dann die Natalie vonne Pommesbude für lecker Nackensteaks und Currywurst und natürlich mein Fußballverein für seine vergeigten Spiele am Samstach. Die machen mich immer so aggressiv, datt ich abends anne Discotür so richtich zu Top-Form auflaufe. Und am Ende hat sich natürlich auch unsern Ecki allen Dank der Welt verdient, datt er mir den Job anne Tür gegeben hat, ohne den mich der Macker vom Film ja nich entdeckt hätte."

„Äähh", mischt sich nun wieder der Moderator ein, „war's das jetzt?"

„Jau, ich denk schon … oder nee, wart mal, die Leute vonne Jury, die mich diesen Preis hier verpasst haben, wat auch immer dat fürn Teil sein soll. Aber egal, Leute, eine Super Wahl, ährlich, ich hätt mich auch genommen. Und wenn ihr Filmfritzen mal wieder einen echten Helden brauchen könnt, ich meine, Schimmi is ja nun tot und der Terminator im Altersheim, also, ihr wisst ja, wo ihr mich findet.

So, und jetzt is genuch gedankt. Ich hoffe, datt et hier gleich anständig wat auf de Gabel gibt. Ich kann euch sagen, quatschen macht hungrig. Und Leute, eins will ich euch noch mit aufn Weg geben: Wenn ICH dat nich schon wär, würd ich glatt sagen, ihr seid die Größten. Aber man eben nich allet haben im Leben. In diesem Sinne.“

■ ■ ■

Du hast es geschafft

Vor einiger Zeit verfolgte ich mal wieder eine der zahlreichen Talkshows im deutschen TV. Die Gespräche dort sind nicht immer spaßig, vor allem wenn es darum geht, dem staunenden Publikum ein neues Buch, einen aktuellen Film oder ein soeben veröffentlichtes Musikalbum zu präsentieren. Hin und wieder findet man sie allerdings doch, diese Perlen der Unterhaltung, die uns nicht nur glücklich machen, die Sendung eingeschaltet zu haben. Nein, sie liefern uns auch neue Erkenntnisse über Gott und die Welt im Allgemeinen und dem Interview-Gast im Speziellen.

Jedenfalls saß da vor einigen Wochen dieser langhaarige Comedian aus Monnhem, Sie ahnen sicher, wen ich meine. Und der erzählt der staunenden Moderatorin eine witzige Begebenheit mit seiner liebenswerten Mutter. Die soll ihm nämlich voller Ergriffenheit gesagt haben, nachdem er in einer Musiksendung gemeinsam mit dem Schlagerbarden Roland Kaiser aufgetreten ist: „Tatsächlich? Der Roland Kaiser? Der mit *Santa Maria*? Junge, ich sag dir eins: Mehr geht einfach nicht. Jetzt hast du es wirklich geschafft!"

Nun muss man wissen, dass der Komiker ganze Fußballstadien ausverkauft und Schotter einfährt ohne Ende. Was aber Frau Mutter offenbar nicht annähernd so beeindruckt hat wie die Begegnung mit ihrem schlagersingenden Helden. Ist halt alles relativ auf dieser Welt. Und weil das so ist, wird jeder Mensch seine eigenen Vorstellungen davon haben, wann man es, womöglich nach etlichen vergeblichen Versuchen, endlich zu Ruhm und Ehre geschafft hat.

Weil ich ja nun mal per se ein neugieriger Mensch bin und mein Ohr, Sie wissen das, immer gern am Puls der Zeit habe, war es mir ein Anliegen, meine Mitbürger nach ihren ganz persönlichen Präferenzen zu befragen. Und ich will jetzt nichts vorwegnehmen, kann Ihnen aber versichern, dass ich doch recht interessante Aussagen zusammentragen konnte.

Es ist halt wie so oft und überall: Jeder hat seine eigene Meinung und Vorliebe. Ob nun beim Fußball, wo jeder ein ausgewiesener Experte und Trainer ist, oder in der Politik, wo zwar keiner offiziell mitmachen will, aber genau weiß, wie der Hase läuft.

So hat mir beispielsweise Emil F. geantwortet, man habe es geschafft, wenn dich der Bürgermeister auf der Straße grüßt. Okay, das kann man so sehen, muss es aber nicht. Weiß man doch, dass der Bursche jeden grüßt, der ihm über den Weg läuft. Ob er ihn nun kennt oder nicht. Man muss ja auch an die nächste Wahl denken.

Antje M. wiederum ist überzeugt, dass man es geschafft habe, wenn die Menschen ein Selfie mit dir machen wollen. Na ja, abgesehen davon, dass man vielleicht nur mit irgendeinem Promi verwechselt wird, ist es ja eher lästig, ständig von völlig Unbekannten angequatscht zu werden.

Ebenso wenig überzeugend fand ich die Behauptung von Edgar E., man habe es geschafft, wenn man seinen Namen in der Zeitung lesen könne. Ja, gut und schön. Da aber für Viele dieses Ereignis erst mit dem Erscheinen der eigenen Todesanzeige eintritt, wage ich zu bezweifeln, ob das dann noch für Ruhm und Ehre geeignet ist. Zumal der Betroffene davon ja gar nichts mehr mitkriegt.

Da war ich doch schon weitaus eher bei meinem Kumpel Gerd H. vom Rentner-Stammtisch, der meinte, man habe es definitiv geschafft, wenn irgendwelche dubiosen Firmen bei dir zu Hause anrufen, um dir zwecks renditereicher Geldanlage Goldbarren, Diamanten oder Jahrhunderte alte Rotweinflaschen anbieten. Obwohl ich mich da schon fragen würde, woher die Damen- und Herrschaften meinen zu wissen, dass bei mir höhere Geldbeträge oder Kontostände vorhanden sind. Vor allem, wenn da eigentlich gar nix ist. Aber das ist schließlich deren Problem.

Nun hat mir kürzlich mein Neffe Julian berichtet,

er habe gelesen, dass neu entdeckte Tiere und Pflanzen nach berühmten Schauspielern, Politikern oder Sportlern benannt werden. Das, so war er überzeugt, sei doch nun wirklich etwas, das über jeden Zweifel erhaben ist, es im Leben geschafft zu haben. Wobei ich ja meine, dass das schon eine verdammt zweifelhafte Auszeichnung sein kann. Ich meine, gut, es gibt eine Orchidee aus Singapur, die tatsächlich so heißt wie unsere Ex-Kanzlerin. Dagegen ist ja auch nichts zu sagen. Aber schon bei Bill Gates hat es nur noch für einen dicken Brummer gereicht und für den neuen König der britischen Inselbewohner sogar nur für einen Frosch aus Ecuador. Noch viel schlimmer hat es zweifellos David Bowie erwischt, der seinen Namen für eine malaysische Riesenkrabbenspinne hergeben musste. Und es gibt da durchaus noch weitere schlimme Beispiele.

Nehmen wir jetzt mal an, dass am Ende irgendeine Kakerlake aus dem indischen Hinterland nach unsereinem benannt würde. Das wäre doch nun wirklich eine Berühmtheit, auf die man leichten Herzens verzichten könnte.

Ich bin ja ohnehin der Meinung, dass man sich unsterblich macht, wenn man sportlich oder anderswie etwas ganz Besonderes auf die Beine gestellt hat. Und das dann deinen Namen trägt. Okay, Riester-Rente oder Hartz 4 sind da sicher eher zweifelhafte Beispiele. Aber was den Sport angeht, da erinnern Sie sich doch sicher noch an den Fosbury-Flop von dem rückwärts anlaufenden Hochspringer. Oder den Ginger-Salto von unserem früheren Reck-Spezialisten. Also das war der, der noch vor dem Turnfloh Hanbüchen das Reck gerockt hat, wie man heute so schön sagt. Und wer kennt ihn nicht, den Becker-Hecht, mit dem unser aller Bobele noch jeden Schmetterball von der Linie gekratzt hat. Wer sowas einmal im Leben hingekriegt hat, der hat es wirklich geschafft, davon bin ich überzeugt.

Und ich habe mir überlegt, wie auch ich den begehrten Legendenstatus erlangen könnte. Ich müsste nur etwas Passendes finden. Aber genau da liegt leider der Hase im Pfeffer. Ich kann ja nichts Besonderes. Weder rennen noch springen noch Tennis spielen. Oder irgendwie sonst was Relevantes. Okay, vielleicht schlafen, essen, Fußball gucken und sich über den Schiedsrichter aufregen. Wenn aber am Ende nicht mehr dabei herauskommt als meinetwegen das Besser-Sodbrennen oder die Wilfried-Schnappatmung, dann verzichte ich lieber dankend und bleibe, was ich immer war: Ein unbedeutender Mensch, der zufrieden ist mit dem, was er ist und was er hat. Und der es auf diese Weise doch irgendwie geschafft hat. Ich denke, mehr kann man in diesem Leben nun wirklich nicht erreichen.

■ ■ ■

Augen auf bei der Berufswahl

Ja, ich gebe zu, meine Frau und ich gehören immer noch zur langsam aussterbenden Gattung von Beziehern einer Tageszeitung. Und weil die ja nun inzwischen einen ziemlich stolzen Preis hat, pflegen wir diese immer sehr gründlich zu lesen. Soll sich ja auch lohnen.

Dazu gehört selbstverständlich auch die Wochenend-Beilage mit Reisetipps, Kreuzworträtsel, Comics und so

Sachen. Und tatsächlich, man glaubt es kaum, auch Stellenanzeigen. Und das in Zeiten von *Indeed, Jobware, Stepstone* und wie diese Spezialisten alle heißen. Es gibt halt so Dinge, die ändern sich nie. Eigentlich ganz beruhigend.

Nun gehe ich ja seit Jahren keiner geregelten Arbeit mehr nach und bin heilfroh, nicht mehr jeden Tag an die Schüppe zu müssen. Deshalb könnten mir solche Anzeigen eigentlich völlig schnuppe sein. Aber man ist ja doch neugierig, was da heutzutage so für Jobs auf dem Markt sind.

Wobei mir als Erstes aufgefallen ist, dass die meisten dieser Anzeigen auf Englisch sind. Okay, das ist heutzutage ja nun wirklich nichts Besonderes mehr. Schlag ne Illustrierte auf oder schalte den Fernseher an und du stehst oft da wie der berühmte Ochs vorm Berge. Da hilft einem das bisschen Schulenglisch auch nicht unbedingt weiter.

Zumal sich diese Anzeigen durch die Bank lesen wie Science-Fiction. Da gibt es Jobs, von denen ich in meinem jahrzehntelangen Leben noch nie etwas gehört habe. Was, wie ich zugeben muss, nichts zu bedeuten hat. Kann ja schließlich auch nicht alles kennen und wissen. Ist nun mal so. Kann ich aber auch gut mit leben.

Nun kann ich gut verstehen, dass Sie jetzt vielleicht neugierig geworden sind und einige dieser exotischen Job-Angebote doch gern etwas näher kennenlernen möchten. Kein Problem, kommt sofort. Doch bevor ich hier so richtig ans Eingemachte gehe, möchte ich doch gern noch vorwegschicken, dass hier auffällig oft nach irgendwelchen *Managern* gesucht wird.

Nun wissen wir alle, dass sich manche Mitmenschen nichts sehnlicher wünschen, als ein Manager zu sein. Weil es sich einfach cool anhört. Verantwortung, geiler Job und jede Menge Kohle. Das fängt doch schon beim Hausmeister an, der ja, wer wüsste das nicht, seit geraumer Zeit nichts weniger als das Facility Management betreibt. Sie müssen zugeben, das hat schon was. Auch wenn der eine oder andere Branchenvertreter vielleicht nicht mal genau weiß, wie man das schreibt. Aber darum geht's ja nicht.

Und wie das so ist, möchten alle anderen selbstverständlich dem gebäudepflegenden Personal in nichts nachstehen. Wofür man durchaus Verständnis aufbringen muss. Schließlich heißt es nicht umsonst: Gleiches Recht für alle! Deshalb sei es ihnen auch von Herzen gegönnt. Hat ja jeder etwas Glück und Erfolg verdient in seinem Leben.

So, nun ist es aber endlich soweit. Ich werde Ihnen einige ausgesuchte Perlen des Stellenmarktes präsentieren, auf dass Sie sich selbst ein Bild machen können. Sagt man ja auch so: Ein Bild sagt mehr als 1000 Worte. Auch wenn das mit dem Bild jetzt nicht so hundertprozentig passt. Aber Sie wissen sicher, was ich meine.

Also, erstes Beispiel: *Application Manager*. Wer nun wissen will, was der eigentlich tun soll, liest das Anforderungsprofil: Betreuung einer Systemwelt mit den Komponenten – und jetzt wird's spannend: Salesforce, eSuite und Piano und den 2nd Level Support. Alles klar?

Um das zu verstehen, musste ich – und ich denke, ich bin da nicht der Einzige – erstmal eine von diesen Suchmaschinen bemühen. Wobei es mich mal grundsätzlich interessieren würde, warum die Maschinen heißen. Ich meine, Maschinen sind für mich Geräte. So wie Bohrmaschinen, Kehrmaschinen. Nähmaschinen. So gesehen ist das alles schon etwas merkwürdig. Aber im Grunde auch egal. Jedenfalls habe ich immerhin herausgekriegt, dass so ein Mensch irgendwas mit Apps, Software und Systemen zu tun hat. Aber kapiert habe ich's am Ende leider doch nicht.

Nicht viel besser ging es mir mit dem *Digital Marketing Manager.* Der sich nun wieder beschäftigen soll mit einer Customer-Journey, die ihn durch den Check-Out-Prozess zum Touchpoint für ein optimales Usability-Erlebnis führt. Ich hoffe, Sie können noch folgen. Aber Hauptsache ist ja, dass wenigstens die, die sich auf diese Anzeige bewerben sollen, wissen, was auf sie zukommt. Ganz sicher bin ich mir da aber nicht.

Etwas überschaubarer sieht es da schon beim *Paywall & Subscription Platform Manager* aus, der nur die Aufgabe hat, permanent A/B-Tests durchzuführen, um die Conversion Rates kontinuierlich zu steigern. Das hört sich ja nicht unbedingt übermäßig schwierig an.

So ähnlich sah das auch beim *Media Sales Manager* und *Customer Engagement Manager* aus. Obwohl ich bei dem doch stutzig wurde, denn er soll Kenntnis haben von Retention- und Churn-Rates verschiedener Kohorten. Kohorten? Gab es die nicht schon bei den alten Römern? Wäre ja durchaus mal interessant, ob die damals auch schon einen Manager beschäftigt haben. Julius Mangarius. Oder so ähnlich. Ich meine, nichts ist unmöglich. Wissen wir doch alle.

Das war's dann auch mit den Managern. Aber noch lange nicht mit den seltsamen Berufsbezeichnungen.

Business Intelligence Analyst zum Beispiel, oder *Payroll-Specialist.* Wobei es sich bei dem eher um einen simplen Lohnbuchhalter handelt. Hätte man dann aber auch gleich so hinschreiben können.

Aber einen habe ich mir noch für ganz zum Schluss aufgehoben: *Data Engineer.* Bei dem hängen die Trauben noch mal so richtig hoch. Schnittstelle zwischen Data Science und Operations für Data Collection, Data Enrichment und Storage. Mitzubringen hat er dafür ein Verständnis für ETL-Technology und Big Data, vorzugsweise on BigQuery Clouds. Dazu Erfahrungen haben im API-Management mit Tools wie Databricks oder AirByte sowie Know How in der Softwareentwicklung mit Python. Guck mal einer an, hab ich mir da gedacht, Schlangenbändiger auch noch. Alle Achtung. Da kann man nur hoffen, dass der Job wenigstens gut bezahlt wird.

Sie merken schon, dass es heutzutage Jobs gibt, bei denen unsereiner aber mal schnell depressiv werden könnte. Weil wir von deren Anforderungen in unserem ganzen Leben nie etwas gehört haben und demzufolge auch nicht in der Lage wären, diese zu erfüllen.

Aber was soll's? Es gibt sie ja Gott sei Dank immer noch, diese Arbeitsplätze, für die Handwerker, Kaufleute oder Sprechstundenhilfen gesucht werden. Und bei denen nur wichtig ist, dass jemand vernünftig mit seinem Werkzeug, mit Verträgen oder mit Patienten umgehen kann.

Und so habe ich in der Zeitung neben diesen Hochintelligenz-Jobs doch tatsächlich eine Anzeige gefunden, in der ein rüstiger Rentner fürs Rasenmähen gesucht wird. Da fühlte ich mich doch gleich angesprochen. Ich weiß zwar nicht, ob ich außer unserem noch anderer Leute Rasen mähen müsste. Aber ich könnte, wenn ich wollte. Und würde dann meinen Kumpels erklären, dass ich eine Beschäftigung als *Grashalmentfernungs-Manager* hätte. Allein deren Gesichter zu sehen, wäre es wert, mich dort in absehbarer Zeit doch mal vorzustellen.

■ ■ ■

Ab heute wird gegendert

Ich weiß ja nicht, welches Fernsehprogramm Sie sich so ansehen. Sollten auf Ihrer Favoritenliste jedoch so Formate stehen wie Talkshows, Magazine oder Frühstücksfernsehen, dann wird es Ihnen vielleicht aufgefallen sein, wie sich das moderierende oder interviewende Personal krampfhaft bemüht, politisch stets äußerst korrekt zu Werke zu gehen.

Das soll heißen, dass alle ohne Ausnahme das sogenannte Gendern in ihren Sprachgebrauch aufgenommen, ja sogar zum Maß aller Dinge gemacht haben. Da wird unaufhörlich von Bürger – Innen, Friseur – Innen, Politiker – Innen oder Schauspieler – Innen gesprochen. Das klingt irgendwie komisch, und ich frage mich immer wieder, wer sich sowas eigentlich ausdenkt. Ich jedenfalls bräuchte das in meinem fortgeschrittenen Alter nicht mehr. Bin ja schließlich mein ganzes Leben lang ganz gut ohne ausgekommen. Und möchte betonen, dass ich das weibliche Geschlecht dabei trotzdem stets mehr als wertgeschätzt habe.

Außerdem hab ich anfangs immer gedacht, damit seien nur die Menschen gemeint, die sich mit ihr im Studio befinden. Also sozusagen innen. Und nicht draußen. Aber das ist natürlich Blödsinn. Hab ich dann auch ganz schnell eingesehen. Doch wie ich bereits betonte, es hört sich verdammt gekünstelt an. Hat fast ein bisschen was von einem Sprachfehler.

Aber irgendwann ging das Ganze sogar noch einen Schritt weiter. Da wurden die TV-Konsumenten angesprochen mit: „Guten Abend, liebe Zuschauende." Ja, warum denn nicht „Liebe Zuschauerinnen und Zuschauer"? Da wäre doch allen geholfen, und jeder käme zu seinem Recht. Aber weit gefehlt. Man hat mich nämlich umgehend aufgeklärt, dass es ja schließlich nicht nur Männlein und Weiblein gibt auf dieser Welt, sondern halt auch die Menschen, die beides sind oder gar nix davon.

Und so waren die Zuschauenden erstmal nur der Anfang. Sieht und hört man mal in Zeitungen oder im TV genauer hin, dann merkt man schnell, wie die Geschichte um sich greift. Plötzlich wimmelt es nur so von Studierenden, Lesenden, Heilenden, Helfenden, Pflegenden. Und was weiß ich noch alles.

Ich hab dann mal überlegt, wo das hinführt, wenn das immer so weiter geht. Heißen dann Angler zum Beispiel Angelnde, Maurer Mauernde und Dachdecker Dachdeckende? Oder Busfahrerinnen und Busfahrer künftig Busfahrende? Oder sind das nicht eigentlich eher die, die mit dem Bus mitfahren? Na egal, funktionieren würde das durchaus, auch wenn es zuweilen arg gewöhnungsbedürftig wäre.

Daneben gibt es allerdings auch eine Menge anderer Menschen und Berufe, bei denen man doch an gewisse Grenzen stößt. Denn müssten dann nicht Automechanikerinnen und Automechaniker in Zukunft Autoreparierende heißen? Oder Elektriker Stromleitungslegende? Oder das gastronomische Personal Kochende und Kellnernde? Und am Ende die Gilde der Beamtinnen und Beamten Sesseldurchsitzende? Vielleicht wäre aber auch Amtsstubenbevölkernde treffender, wer weiß das schon so genau.

Sie merken schon, das Thema ist nicht gerade ein Selbstläufer. Und es drängt sich schon die Frage auf: Muss die Menschheit das alles haben? Als ob sie ganz offenbar keine anderen Probleme hätte. Ich meine, Sie und ich, wir alle wissen, dass dem definitiv nicht so ist. Fragen Sie nur mal unseren Bundeskanzler.

Aber was soll's, es ist wahrscheinlich wie so oft, nämlich, dass vieles nicht so heiß gegessen wird wie es gekocht wurde. Deshalb kann es nicht schaden, einfach mal ein paar Liter Wasser die Emscher runterlaufen zu lassen. Und der Empfehlung folgen: Abwarten und Tee trinken. Obwohl ich ja der Meinung bin, dass es sich weitaus besser bei einem Glas Wein oder einem leckeren Bierchen wartet. Aber das nur mal ganz am Rande.

Und weil sich manches ohnehin irgendwann von selbst erledigt, sollten wir Wartenden optimistisch in die Zukunft schauen und daran glauben, was der Kölner schon seit Menschengedenken so treffend behauptet: „*Et hätt noch immer jot jejange.*" Hoffen wir, dass er Recht behält.

Gartenarbeit light

Wer von Ihnen zu den regelmäßigen TV-Zuschauern gehört, wird wissen, dass besonders im ZDF seit Jahren romantische Serien um die Gunst ihres Publikums buhlen. Jetzt nicht Bergdoktor oder so, nein, ich denke hier eher an diese Filme, die angeblich nach den Romanen von erfolgreichen Frauen wie Katie Fforde, Inga Lindström oder, wer kennt sie nicht, Rosamunde Pilcher gedreht wurden. Wobei man als aufgeklärter Mensch inzwischen weiß, dass es a) die beiden erstgenannten Damen überhaupt nicht gibt und b) inzwischen weitaus mehr Pilcher-Filme am Start sind, als die Gute jemals an Romanen verfasst hat.

Aber egal, das soll uns heute weder interessieren noch tut es irgendetwas zur Sache. Auch die Frage, ob man diese Schmonzetten nun mögen muss oder nicht, ist eher ohne Belang. Zwingt einen ja keiner, sich das anzusehen. Außerdem ist ja ohnehin alles eine Frage des Geschmacks, und da hat nun mal jeder Mensch seinen eigenen.

Auch was die Handlungen angeht sind die Filmchen durchweg austauschbar. Die verheiratete Land- oder Tierärztin, wahlweise auch Architektin, Musikerin, Bestatterin oder Möbelrestauratorin, reist in Heimat und Vergangenheit, weil entweder Oppa, Omma, Papa oder Mama in den letzten Zügen liegen oder, wenn es noch nicht ganz so dramatisch ist, Geldprobleme haben und der heimische Hof, das familiäre Gasthaus oder die Land- bzw. Tierarztpraxis vor dem drohenden Konkurs gerettet werden muss. Vor Ort kommt es dann zum unvermeidlichen Treffen mit der einstigen Jugendliebe, und damit fängt der Schlamassel grundsätzlich an. Worauf wir uns aber stets verlassen können, ist die Tatsache, dass sich am Ende alles schiedlich friedlich auflöst und die Welt dann doch wieder vollkommen in Ordnung ist.

Ist nun mal so: Kennste einen, kennste alle. Und weißt deshalb auch, dass es in diesen Filmen mit der Wahrheit, oder sagen wir mal, der Realität, nicht immer so ganz genau genommen wird. Das sieht zwar alles immer ganz nett aus und soll uns glauben lassen, alles wäre gut und die Welt ein Streichelzoo. Aber Sie und ich, wir alle wissen doch, dass das Leben ein einziger Kampf ist und am Ende nur die Harten in den Garten kommen.

Nun müsste ich Ihnen das alles nicht erzählen, gäbe es da nicht eine unheilvolle Verbindung zwischen diesen Filmen und meinem ja nicht immer ganz einfachen Leben. Worum geht's? Also, wenn eins in diesen Filmen nicht fehlen darf, dann sind das die sich wie unsereins im fortgeschrittenen Alter befindlichen adligen Damen, Strickwesten tragenden Landlords, Doppelkinn-gesegneten ehemaligen Geistlichen oder über Jahrzehnte luftgetrockneten pensionierten Lehrerinnen. Die grundsätzlich damit beschäftigt sind, Hand an ihre englischen, schwedischen oder amerikanischen Gärten zu legen.

Gut, das ist jetzt nicht unbedingt spektakulär und könnte mir im Grunde auch völlig wurscht sein. Ist es aber nicht. Denn immer dann, wenn ich mal wieder ein kleines Motivationstief habe, sprich: Keinen Bock, unsere heimischen Beete und Rabatten in einen zumutbaren Zustand zu bringen, hat meine bessere Hälfte keinerlei Hemmungen, mir die vorab genannten Herrschaften als leuchtende Vorbilder vor die Nase zu halten.

„Nun stell dich doch nicht so an", geruht sie mich stets liebevoll aber energisch zu ermuntern, „und nimm dir mal an diesen fleißigen Menschen ein Beispiel. Die pflegen ihre Parzellen, Anlagen und Parks mit Lust und Hingabe und vor allem, ohne zu klagen. Oder hast du sie jemals nörgeln oder jammern gehört?"

Nee, muss ich zugeben, hab ich nicht. Könnte ich aber auch gar nicht. Schließlich machen die nie etwas anderes, als ein verblühtes Röslein abzuschneiden, eine Handvoll Laub zusammen zu rechen oder ein Pflänzchen in einen Topf einzupflanzen, wobei sie peinlichst darauf achten, sich um nichts auf der Welt die Finger dabei schmutzig zu machen.

Ich sag Ihnen eins, so würde ich meine Gartenarbeit auch ohne Murren und frohen Mutes erledigen. Aber so funktioniert das doch in der rauen Wirklichkeit nicht. Ich würde diese Herrschaften gern mal unter widerspenstigen und stacheligen Büschen Unkraut jäten sehen, am besten mitten in einem sich überall breit machenden Unkrautbewuchs, kniend auf einem schmalen Kunststoffkissen, mit gekrümmten Rücken und schweißnasser Stirn, von der ununterbrochen die Tropfen in die Augen und an der Nase herabrinnen. Bei sengender Hitze hast du nach einer Stunde einen Eimer voll geschafft und weißt ganz genau, zehn weitere musst du noch. Du hast aber nur noch drei Stunden, weil dann die Sportschau kommt. Und selbst, wenn die zehn Eimer endlich gefüllt sind, warten noch Bäume darauf, geschnitten zu werden, Löwenzahn, aus dem Rasen entfernt zu werden, oder tonnenschwere Randsteine darauf, gesetzt zu werden. Und das ist definitiv nur ein Teil meiner Leidensliste.

Also, wenn sich die Damen und Herren in den Filmen mal in dieser Form körperlich betätigen würden, sie hätten meinen uneingeschränkten Respekt und ich würde sie mir nur zu gern zum Vorbild nehmen. Und ich würde die Filme auch mit ganz anderen Augen sehen, was ihren Wahrheitsgehalt angeht. Aber ich befürchte, ich wäre wahrscheinlich der einzige, denn wer will schon schuftende, schwitzende Spatenschwinger in einem Pilcher-Streifen sehen?

Darum hab ich mir überlegt, den Spieß ganz einfach umzudrehen und meine Tätigkeit im heimischen Garten genau auf das zu reduzieren, was in den Filmen zu sehen ist. Vorbild ist schließlich Vorbild. Dem ich dann auch gern voller Überzeugung nacheifern will. Okay, was das Grobe angeht, da müssten wir dann allerdings wohl oder übel einen kompetenten Gartenbaubetrieb engagieren. Aber dafür sind diese Profis ja schließlich auch da.

Ich befürchte allerdings, dass meine bessere Hälfte meine Überlegungen wohl eher not amused finden und das Ganze als Kokolores abtun wird. Um mich anschließend auf der Stelle zu nötigen, mit ihr einen Film über kanadische Holzfäller oder mit Spitzhacken bewaffnete Pioniere in kroatischen Nationalparks anzuschauen. Auf dass ich umgehend diverse Gerätschaften aus der Garage hole, um den Garten mal so richtig mit Schmackes auf Vordermann zu bringen.

Da stellt sich natürlich die Frage: Lohnt es sich wirklich, ein solches Risiko einzugehen? Andrerseits, heißt es nicht: No Risk, no Fun? Und mal ehrlich, wer möchte nicht ein bisschen Spaß haben im Leben? Ich denke, einen Versuch ist es allemal wert. Schließlich gewinnt nur der, der auch etwas wagt. In diesem Sinne, drücken Sie mir die Daumen, dann wird es schon schief gehen. Sie hätten auch einen gut bei mir. Versprochen.

■ ■ ■

Ich bin ein Best Ager

Neulich habe ich mal wieder Post bekommen von diesem Versandhaus, in dem sich der interessierte Kunde mit allerlei elektronischem Gerät wie Laptops, Handys, Tablets, Akku-Staubsaugern oder Heißluftfritteusen eindecken kann. Nicht zu vergessen diese hilfreichen Gerätschaften, die Mädchennamen tragen und auf Zuruf das Licht anknipsen oder unsere Lieblingsmusik abspielen. Nun kann man trefflich darüber streiten, ob unsereiner das alles noch braucht. Aber meine diesbezüglichen Zweifel wurden in dem besagten Brief umgehend zerstreut. Denn die netten Herrschaften versicherten mir glaubhaft, ich sei ein *Best Ager,* also ein Mensch im besten Alter. Stets an Neuem interessiert, konsumfreudig und reiselustig, der nicht nur gern genießt und kauft, sondern sich dies vor allem auch leisten könne.

Mal ehrlich, wer liest so etwas nicht gern? Gerade eben war man noch davon überzeugt, einer von den alten Säcken zu sein, und nun heißt es, alt, das sind doch die anderen. Die jenseits der 85, die stramm in Richtung 100 marschieren. Du hingegen bist ein *Best Ager* und das ist gut so.

Ich meine, immerhin hat ja schon der große Udo Jürgens in einem seiner Lieder behauptet, das Leben finge mit 66 Jahren erst an. Und damit natürlich auch die beste Zeit, um mal so richtig die Sau rauszulassen.

Zugegeben, das hört sich gut an, trifft aber wahrscheinlich nicht auf Jeden von uns zu. Deshalb hat es mich natürlich brennend interessiert, wie es denn nun speziell in meinem Fall damit aussieht. Also bin ich erstmal in aller Ruhe in mich gegangen und dann zu dem Schluss gekommen, dass mein Kopf zwar mitkriegt, dass ich angeblich gerade die beste Zeit meines Lebens erlebe. Das Problem ist allerdings, dass er dieses Wissen nicht an meinen Körper weitergibt. Dass meine Knochen, Gelenke, Muskeln und Sinne sich immer noch in dem Bewusstsein befinden, steinalt und kurz vor dem Ableben zu sein. Und sich ärgerlicherweise auch genauso verhalten. Schmerzender Rücken, knirschende Knie, schlaffe Muckis, trüber Blick, pfeifende Ohren und bröselndes Kauwerkzeug. Ich hoffe, ich habe jetzt nichts vergessen, denn auch das Hirn offenbart immer häufiger und heftiger elementare Lücken.

Angesichts dieser geballt auftretenden Alterserscheinungen fällt es einem doch verdammt schwer daran zu glauben, man befinde sich soeben in der besten Phase seines Lebens. Im Gegenteil, es wird einem eher schmerzlich die alte Volksweisheit in Erinnerung gerufen, der zufolge man immer so alt sei, wie man sich fühle. Und es wird Sie bei all den zuvor geschilderten Wehwehchen nicht wundern, dass mir dieses Gefühl hin und wieder suggeriert, ich sei gerade 96 geworden. Das ist nun wirklich nicht das, was man sich in meinem ohnehin schon fortgeschrittenen Alter wünscht. Jedenfalls definitiv nicht *Best Ager* sondern irgendwie eher

Wenn Sie jetzt allerdings befürchten, ich könne angesichts dieses unerquicklichen Zustands womöglich in tiefste Depressionen verfallen, kann ich Sie umgehend beruhigen. Denn zum Glück gibt es auf der anderen Seite diese Stunden und Tage, an denen man sich fühlt, als sei man soeben einem Jungbrunnen entstiegen. An denen unser Lieblingsverein in der 89. Minute das siegbringende Tor schießt oder uns das Lottoglück einen satten Dreier plus Superzahl beschert. An denen uns der Handwerker, auf den wir seit knapp sechs Monaten warten, seine Audienz in den kommenden drei Wochen in Aussicht stellt. Oder aber, der permanent nervtötende Nachbar hat sich ein Bein gebrochen, liegt jetzt fürs Erste in der Unfallklinik mit anschließender Reha und kann, welch eine Freude, uns für eine Weile mal nicht auf den Wecker gehen.

Diese und andere erfreuliche Ereignisse sind es, die uns froh und glücklich machen. Und bei denen wir uns fühlen wie gerade mal 45. Auch wenn es inzwischen schwerfällt, sich daran zu erinnern, wie man sich eigentlich mit 45 gefühlt hat. Aber egal. Wichtig ist, dass es diese Tage gibt. Tage, an denen wir dann doch daran glauben, gerade die beste Zeit unseres Lebens zu erleben. Oder, wie in diesem Brief behauptet wurde, ein Best Ager zu sein. Lassen Sie uns deshalb diese Zeit in vollen Zügen genießen. Denn alt, soviel ist mal mehr als sicher, alt werden wir noch früh genug.

■ ■ ■

Saft gibt Kraft

Auch wenn das Wochenende für uns Rentner nicht mehr das ist, was es mal war, so hat es doch immer noch etwas Besonderes. Fußball zum Beispiel oder ein weitaus ausgedehnteres Frühstück als an den gewöhnlichen Wochentagen. Und genau darauf war ich am vergangenen Wochenende ganz besonders scharf, quälte mich doch in der Nacht zuvor ein ausgeprägtes Hungergefühl, dass ich nach dem Aufstehen Schmacht bis unter die Arme hatte.

Doch wie ich mich gerade daran machen will, mir ein paar Eier in die Pfanne zu hauen, um meinen knurrenden Magen zu besänftigen, da grätscht meine Frau dazwischen.

„Ich denke, daraus wird wohl nix, mein Lieber. Haste vergessen, dass wir heute ne Saftkur machen wollen?"

Meine Frau und ihre Ideen. Das ist wirklich ein Kapitel für sich. Und das mit diesem Safttag hatte ich schon glatt wieder vergessen.
Ich versuche es erstmal im Guten.

„Weißt du eigentlich, was du mir damit antust?"

Doch meine Intervention wird kaltlächelnd beiseite gewischt.

„Nun stell dich mal nicht so an, das wird dir schon guttun. Hinterher fühlst du dich, als wärst du in einen Jungbrunnen gefallen."

Ja, das wüsste ich aber. Jungbrunnen wär, wenn ich jetzt

meine Eier mit Speck und ne schöne Tasse Kaffee kriegen würde. Aber mich fragt ja keiner. Schon gar nicht meine Frau, die mir freudestrahlend erklärt: „Hier, ich habe uns die beiden Fläschchen fürs Frühstück schon auf den Tisch gestellt. Guck mal, was da alles drin ist: lecker Apfel, Ananas, Kiwi und Limette."

Ja, das hört sich wirklich sowas von gesund an. Ich bin mir aber nicht so sicher, ob mir das jetzt weiterhilft auf meinen nüchternen Magen. Aber ich bin ja grundsätzlich ein gutmütiger Mensch. Also hau ich mir mal brav so nach und nach die beiden Püllekes hinter die Binde und muss zugeben: Ist gar nicht mal so schlecht. Allerdings sind da so merkwürdige, glitschige Körner drin, die schmecken irgendwie wie Entengrütze oder Froschlaich oder so.

Aber meine Frau klärt mich umgehend auf, dass das Zeug Chia-Samen wären. Die sollen in meinem Magen aufquellen, angeblich, damit ich ne Grundlage hätte für den langen Tag, der noch vor mir liegt. Ich weiß echt nicht, ob es das bringt. Ich meine, eine gute Grundlage könnte jetzt ein dick belegtes Mettbrötchen sein. Aber wen interessiert schon, was ich meine. Und auch nicht, dass ich mächtig Kohldampf schiebe. Deshalb frage ich mal ganz vorsichtig nach, ob ich nicht schon jetzt eine von den Mittagsportionen haben könnte. Die Antwort ist ernüchternd.

„Du weißt doch ganz genau, dass es bis zum Mittag nichts weiter gibt. Außer vielleicht Mineralwasser oder n Tässchen Tee."

Mein Gott, das sind vielleicht Aussichten. Da bin ich ja fast froh, dass meine Frau vorschlägt, eine Runde durch den Park zu marschieren. Dann vergeht wenigstens die Zeit schneller.

Als wir zwei Stunden später wieder heimkommen, hat mich der Langstreckenlauf dermaßen geschlaucht, dass ich ein halbes Schwein verputzen könnte. Frage deshalb nach, ob ich nicht ausnahmsweise vielleicht so ein klitzekleines Schnitzel …

Aber da fährt mir meine Frau frontal in die Parade.

„Du spinnst wohl? Es gibt heute Saft und sonst nix. Da musst du dich nun mal mit abfinden, auch wenn's dir schwerfällt."

Ich merke schon, dass mir echt nichts anderes übrigbleibt, als das Spielchen mitzuspielen und schnapp mir die zwei Portionen Mittagessen. Immerhin sind diesmal keine glibberigen Körner drin. Und ich versuche auch, mir das Ganze sozusagen Schlücksken für Schlücksken rein zu nuckeln. So langsam säuft kein Faultier. Immerhin geht es eine knappe Stunde gut, dann bin ich dermaßen ausgehungert, dass ich Ration Nummer Zwei gleich mal auf Ex vernichte. Das hat allerdings den Nachteil, dass es bis zum Abend nichts mehr gibt. Außer, wie ich mittlerweile weiß, Tee und Mineralwasser. Aber Sie müssen zugeben, das ist ja auch so gut wie nichts. Und es sind ja nicht mal Erdnüsse oder sowas dazu erlaubt, obwohl das doch streng genommen auch Früchte sind. Oder etwa nicht?

Ich fange an, in der Wohnung herumzutigern wie ein hungriges Raubtier. Kann ja nicht schon wieder durch den Stadtpark joggen. Wenn ich dazu überhaupt noch in der Lage wäre in meinem geschwächten Zustand.

Meine Frau schmeißt mir einen Packen Prospekte hin, die heute Morgen mit der Post gekommen sind.

„Hier", sagt sie wohlmeinend, „blätter doch mal darin. Vielleicht lenkt dich das ja ein bisschen ab."

Na ja, wenn sie meint. Aber nur kurze Zeit später bin ich überzeugt, dass sie mich nur leiden sehen will.

„Du, sag mal, ist das dein Ernst? Ich seh da nur Sonderangebote für Fleisch, Wurst, Käse, Kuchen und lecker Süßkram. Ich muss mich echt bremsen, dass ich nicht in die Seiten beiße. Das ist ja die reinste Folter!"

„Okay, mein Fehler", sagt sie, „aber nun krieg dich mal wieder ein und nimm dir halt einen Prospekt vom Baumarkt. In einen Rasenmäher oder Winkelschleifer wirst du ja wohl nicht beißen wollen."

Ha, ha, wirklich witzig. Ich könnte mich total beömmeln. Das ist ja nun mal wirklich nicht zu überbieten. Ich sterbe vor Hunger und sie macht Witze. Wenn ich doch nur schon mal einen winzigen Schluck von der Abendration naschen könnte …

Mitten hinein in diese Überlegungen kommt meine bessere Hälfte mit einem neuen Vorschlag.

„Leg dich doch ein bisschen hin und mach ein Nickerchen."

„Ach ja? Und dann?"

„Dann träumst du schön von Wellen, Wind und Karibikstrand."

„Und kriege dabei Appetit auf Pizza Hawaii. Warum quälst du mich so?"

„Mein Gott, dank denk halt an ein Dixiklo. Ich wette, dabei kommst du nicht auf dumme Gedanken."

Die Frau hat gut reden. Gut, dass sie nicht weiß, auf welche Gedanken ich gerade komme. Wenn ich nämlich nicht gleich was zu beißen kriege, könnte ich glatt zum Mörder werden. Und bevor das passiert, lege ich mich lieber doch etwas hin. Vielleicht hilft es ja wirklich. Ich meine, man weiß es ja nie so ganz genau.

Als ich wieder aufwache, hab ich ein Gegrummel im Magen-Darm-Trakt, dass ich mich schon stark zurückhalten muss, damit jetzt kein Unglück passiert. Verschwinde deshalb vorsichtshalber kurzfristig in den Garten, um mir Ablenkung zu verschaffen.

Genau in dem Moment, in dem mich der Gedanke überkommt, dass man doch auch bestimmte Blüten essen kann, was ich allerdings bislang erfolgreich vermieden habe, ruft meine Frau: „Kannst wieder reinkommen, ist 18 Uhr, Zeit fürs Abendessen."

Na, Gottseidank, da hab ich ja nun auch lange genug drauf gewartet. Aber wie ich gerade die beiden Plastikpullen an mich reißen will, geruht meine Liebste mich erneut zu ermahnen.

„Aber teil es dir ein! Du weißt doch, außer Wasser und Tee ..."

Spätestens da hab ich den Kaffee, oder, um im Bild zu bleiben, den Saft dermaßen auf, dass ich nicht mehr an mich halten kann.

„Weißt du was, ganz egal, wie du das findest, aber ich hau mir die Suppe jetzt rein, werfe zwei Schlafpillen hinterher, und verschwinde anschließend in unserem Schlafgemach. Und dann sag ich dir noch eins: Nächste Woche machen wir wieder so eine Kur, aber nicht mit diesen Saftpüllekes sondern mit Nackensteaks, Pils und Doppelkorn. Weil, und das weiß ich aus jahrelanger Erfahrung, das ist für mich und meinen Körper Wellness pur. Ich denke, das sollte ich mir viel öfter mal gönnen."

■ ■ ■

Stress im Krankenbett

Nachdem ich mich länger als mir lieb war mit diesem schmerzhaften Problem herumgeschlagen hatte, kam ich um eine Operation nicht mehr herum. Und da der ärztliche Scharfrichter sein Urteil nun mal gesprochen hatte, ließ ich mir umgehend einen Termin geben und konnte mich schon kurze Zeit später von meiner Frau zum Ort des grausamen Geschehens chauffieren lassen. Nun war diese OP natürlich im Vorfeld ein beliebtes Thema, ganz gleich, mit wem ich auch darüber ins Gespräch kam. Die meisten klopften mir kumpelhaft auf die Schulter und wünschten mir viel Glück, Tenor: Wird schon werden, Alter, du weißt doch, Unkraut vergeht nicht! Einige wenige allerdings sahen mich schon im Holzpyjama aus der Klinik kommen und rieten mir dringend, mein Testament zu formulieren und die Bestattung bis ins letzte Detail vorzubereiten.

Und dann waren da noch die Gespräche mit meiner Frau. Die mich um einige wunderbare, entspannte und mit Freud und Wonne gesegnete Tage beneidete.

„So gut möchte ich das auch mal haben. Wirst von jungen, hübschen Frauen umsorgt, kriegst leckeres Essen und räkelst dich eine Woche lang auf deinem bequemen Krankenbett wie ein Südseeurlauber in seiner Hängematte."

Wenn ich ihren Worten Glauben schenken durfte, erwartete mich dort das Paradies auf Erden. Und wenn ich ehrlich bin, dann hatte ich schon die Hoffnung, in der Klinik ohne quälende Schmerzen ein paar Tage der Ruhe und Entspannung zu finden. Zu Hause ist ja doch immer irgendwas. Und ich wäre schon froh, wenn ich wenigstens den neuen Krimi zu Ende lesen und mir hin und wieder ein knackiges Album auf die Ohren drücken könnte.

Diese Hoffnung wurde genährt durch den Vorgang der stationären Aufnahme am Tag vor dem Eingriff. Denn zwischen den einzelnen Untersuchungen entstanden stets recht üppige Pausen, so dass ich mich ärgerte, meinen Krimi nicht schon jetzt zur Hand zu haben. Nach vier Stunden war der Drops dann doch endlich gelutscht und ich wurde auf mein Zimmer gebracht.

Nun muss ich zugeben, dass ich von der OP am nächsten Tag selbst ja nicht so viel mitgekriegt habe. Nach dem Aufstehen ruck-zuck das kleidsame OP-Hemdchen übergestreift, Beruhigungspille eingeworfen und mit dem Bett runter in das kalte, gekachelte Untergeschoss, in dem ich mir vorkomme wie in einem Schlachthof. Dafür sprechen auch die Weiblein und Männlein mit ihren Plastikschürzen und Frisierhauben, die sich eifrig um mich bemühen. Na, wie auch immer, nach der Narkosespritze dauert es nur noch Sekunden und ich habe mich gedanklich von dieser Welt verabschiedet.

Wache dann irgendwann mitten in der Nacht auf. Und weil ich vor- und fürsorglich bestens mit Schmerzmitteln ausgestattet bin, hält sich mein Schmerzlevel in halbwegs erträglichen Grenzen. Bin vor allem erleichtert, dass ich das Aufschneiden und Zunähen offensichtlich unbeschadet überstanden zu haben scheine. Na immerhin.

Denke mir im Halbschlaf, dass sie jetzt losgehen können, die mir prophezeiten Wellnesstage. Aber nur wenige Stunden später muss ich schmerzlich feststellen, dass das Personal zu diesem Thema offensichtlich nicht korrekt instruiert ist. Und das in einer Einrichtung, die ja im Grunde dazu da ist, kranke Menschen wieder auf den Weg in die Gesundheit zu begleiten. Doch dieser Weg ist übersät mit Schlaglöchern und Hindernissen. Ob das alles der Gesundung so förderlich ist? Ich hege da doch ganz erhebliche Zweifel.

6:30 Uhr
Träume gerade von einer Kiste Pils, die ich mir nach meiner Entlassung zu genehmigen gedenke, da knallt mir die Schwester eine Tablettenschachtel auf den Nachttisch, mit den Worten: „Hier, Ihre Tagesration!" Bin umgehend wach und vergesse auf der Stelle das Bier.

6:45 Uhr
Will schnell ins Bad verschwinden, da kommt Schwester Nummer 2 mit einer Spritze und erklärt mir freundlich

aber bestimmt: „So, ich brauche dann mal Ihr Blut." Was ich brauche, danach fragt natürlich keiner.

6:50 Uhr
Nutze das sich abzeichnende Zeitfenster von wenigen Minuten, um mir die Zähne zu putzen und fix ein wenig Wasser ins Gesicht zu werfen. Meine Eile macht sich umgehend bezahlt.

6:53 Uhr
„Herr Besser, wo sind Sie?", wird fordernd und ungeduldig nach mir verlangt. Stürze auf der Stelle mit Zahnpasta-Resten am Mund aus dem Bad, will ich doch auf keinen Fall die Ermittlung meiner Vitalwerte unangemessen behindern.

6:55 Uhr
Im Hinausgehen läuft der Pfleger um ein Haar die Frau über den Haufen, die anscheinend allmorgendlich die Tageszeitung bringt. Lege die Zeitung auf den Nachttisch, muss diese von dort aber umgehend wieder entfernen, weil der Platz für das Frühstückstablett benötigt wird.

7:00 Uhr
Belege mir zwei Brötchenhälften und will, nachdem ich ja tags zuvor nichts zu essen bekommen habe, gerade herzhaft in die erste hineinbeißen, als die gummibeschürzte Reinigungskraft mit Eimer und Feudel auftaucht. „Es reicht, wenn Sie etwas die Beine hochnehmen" beruhigt sie mich und beginnt damit, das Linoleum unter Wasser zu setzen.

7:10 Uhr
Die Bodenkosmetikerin ist fort, nehme also mein Frühstück wieder auf. Hätte aber besser gar keine Pause eingelegt, denn nun muss ich mich sputen, weil das Abräumgeschwader seiner Aufgabe nachkommen will, nämlich abzuräumen. „Lassen Sie sich ruhig Zeit", sagt die Dame im Tarnfarben-Kittel gönnerhaft, bleibt aber demonstrativ im Türrahmen stehen. Spüle schnell den noch lauwarmen Kaffee runter und gebe das Tablett frei. Gerade nochmal gut gegangen.

7:25 Uhr
Die nächste Dame, der nächste Job. „Ich bring mal neues Wasser!" trompetet sie mir freudig entgegen. Na, immerhin. Ein Sixpack Pils wär mir jetzt eindeutig lieber. Hoffe, nachdem die Christel von der Flaschenpost das Zimmer wieder verlassen hat, dass jetzt endlich Ruhe ist im Karton. Ist ja schlimmer als auf dem Düsseldorfer Flughafen zu Ferienbeginn.

8:00 Uhr
Habe leider die Rechnung ohne den Onkel Doktor gemacht, der mich gestern noch unterm Messer hatte. Es ist Zeit für die Visite. Und was heißt Visite? Richtig: Besuch! Und er kommt gleich mit großer Entourage. Nur Geschenke bringen sie leider keine mit. Bin einigermaßen enttäuscht.

8:10 Uhr
Der Halbgott in Weiß hat seinen Vasallen Aufgaben zugeteilt. Diese werden in den nächsten Stunden gewissenhaft abgearbeitet.

9:00 Uhr
Der Bufdi meldet sich zum Vollzug, soll mir „einen Zugang ziehen". Zugang? Wofür? Wohin? Und wenn er ihn zieht, ist dann nicht der Zugang ein Abgang? Ob das alles so richtig ist? Er fummelt mir einen der zahlreich an Handrücken und Unterarm verteilten Stöpseln aus der Vene und klebt ein Pflaster an die Stelle. „Geht schon gleich besser, nicht wahr?" Nun, ich sag da mal lieber nichts zu. Was mir eher hinderlich ist, ist dieser Schlauch mit dem Beutel an meinem Pipi-Spender. Zeige mit dem Finger drauf und frage: „Und das da?" – „Macht gleich ein Kollege", werde ich informiert. Denke, dass hier anscheinend jede und jeder seine bestimmte Aufgabe hat und bin einigermaßen erleichtert, dass sich darum keine Kollegin kümmert.

9:15 Uhr
Ein gut gemachtes Bett ist offenbar wichtiger als Schläuche in meinen Körperöffnungen. Lasse die gute Frau trotzdem ihre Arbeit verrichten. Sie kann ja nichts dafür.

9:25 Uhr
Ein stämmiger Bursche erscheint mit Gummischürze und Plastikeimer. Tippe auf Tierarzt bei der Geburtshilfe. Ist aber nur der Pfleger, der mir ab sofort wieder den geregelten Gang zur sanitären Keramik ermöglicht. Jetzt baumelt an mir nur noch so ein antikes Gefäß aus Glas, in das mein kostbares Blut einträufelt.

9:50 Uhr
„Ah, ich sehe, Katheter ist schon weg, können wir Physio machen." Die junge sportliche Frau wippt energiegeladen wie eine Animateurin auf dem Traumschiff und nötigt mich zu diversen Übungen, um mich und mein Skelett

zu mobilisieren. Hallo, ich wurde gestern erst operiert! Ob ihr das wohl irgendjemand erzählt hat?

10:30 Uhr
„Wissen Sie schon, was Sie morgen essen wollen?" Nee, weiß ich nicht. Weiß ja nicht mal, was es gibt. Und ob ich das mag. Lasse mich dann aber doch von Nudelsuppe, Schnitzel mit Gemüse und Schokopudding überzeugen. Nachmittags dann eine Donauwelle. Hört sich nicht schlecht an. Hoffe nur, der Koch kocht nicht nach den Rezepten auf den Maggitüten.

10:45 Uhr
„So, jetzt ist der nächste dran", tönt es mir entgegen. Der nächste? Soll hier etwa jemand um die Ecke gebracht werden? Nein, ist zum Glück nur der staatlich geprüfte Zugangsentferner, der mir jetzt so einen Pinjökel vom Handgelenk entfernt. Einen hab ich noch. Da muss er später nochmal ran. Freue mich jetzt schon auf ihn.

11:05 Uhr
An einer Art fahrbaren Galgen baumelt eine durchsichtige Plastikflasche. „Sie kriegen jetzt einen Tropf mit Antibiotika. Will ja keiner, dass Sie sich hier anstecken." Stimmt, wer will das schon? Weiß jetzt auch, warum der Meister den letzten Zugang drin gelassen hat. An den wird nämlich jetzt die Tropfflasche angeflanscht. Kannste mal sehen, hier ergibt doch das eine oder andere irgendwie einen Sinn. Sehr beruhigend das alles.

11:40 Uhr
In einer halben Stunde hat sich das Ding ausgetropft und die Apparatur wird entfernt. Gerade noch rechtzeitig,

bevor das Mittagessen gebracht wird.

11:45 Uhr
Essen kommt, ist aber leider nicht das von mir bestellte Schnitzel. Bin etwas enttäuscht, werde aber umgehend aufgeklärt, dass meine Bestellung ja morgen erst ausgeliefert wird. Heute kriege ich einen Gruß aus der Küche. Na gut, ich werde ihm eine Chance geben. Bin ja nicht so.

12:10 Uhr
Was soll ich sagen? Das Essen war irgendwie weder Fisch noch Fleisch. Wie auch? Waren ja schließlich Rühreier! Ha, ha, Scherz!! Der Hunger hat sie immerhin reingetrieben. Denke, weitere Detailinformationen sind an dieser Stelle nicht erforderlich.

12:15 Uhr
Das Abräumkommando wird erneut tätig und sorgt dafür, dass wieder Ordnung herrscht. Soll ja auch nicht aussehen wie bei Hempels.

12:30 Uhr
Beschließe, dass jetzt eine perfekte Zeit für ein ausgedehntes Mittagsschläfchen wäre. Habe mich gerade in die Horizontale begeben, da klingelt das Handy. Videocall mit den Enkeln. Na, dafür nimmt man sich doch alle Zeit der Welt. Werde gefragt: „Was hat der Oppa da für ein komisches Hemd an?" Gucke an mir runter und stelle fest, dass ich ja immer noch das dezent gemusterte OP-Hemdchen trage. Warum sagt mir das keiner? Okay, hätte ich auch selbst merken können. Werde das nach dem Telefonat umgehend ändern!

13:00 Uhr

Will mich soeben in Jogginghose und T-Shirt gewanden, als ein Männlein mit Fußwaschungsutensilien to go erscheint. Überlege kurz, ob er seinen Job in der katholischen Kirche erlernt hat. Er hat die Aufgabe, die attraktiven Thrombosestrümpfe zu entfernen und mir gepflegt die Beine zu waschen und zu massieren. Vermittelt mir irgendwie einen Hauch von letzter Ölung. Lag mit der katholischen Kirche vielleicht gar nicht so verkehrt. Egal, interessiert jetzt nicht. Danach gibt es neue, stramme Exemplare dieser einengenden Gummistrümpfe, und er hilft mir in meine Klamotten. Immerhin. Damit liegt es sich Bett gleich viel bequemer.

13:30 Uhr

Wenn man denn mal zum Liegen käme. Eine Schwester kommt mit einem Rollstuhl und bringt mich zum Röntgen. Der Doktor muss doch sehen, ob alles richtig sitzt. Na, will doch mal hoffen, dass er da schon bei der OP drauf geachtet hat. Beginne an der Kompetenz des Arztes zu zweifeln.

13:50 Uhr

„Das sieht doch mal gar nicht schlecht aus. Da wird der Doktor sicher zufrieden sein." Die stämmige Röntgen-Assistentin mit der Gummischürze studiert begeistert die Aufnahmen meiner Innereien und befindet umgehend: „Da können wir Ihnen jetzt die Drainage ziehen und den Verband wechseln. Ich sag mal oben Bescheid." Denke mir: „Oh, gleich Meldung beim Klinikchef. Alle Achtung! Aber wieso Drainage? Ich bin doch hier nicht auf dem Bau!" Sie weiß aber offensichtlich, wovon sie redet, und meint mit oben nur die Station, auf der man sich aufopferungsvoll um mich kümmert.

14:30 Uhr
Die Stationsärztin legt persönlich Hand an, um diesen blutigen Schlauch zu entfernen. „Husten Sie mal", fordert sie mich auf und ich komme ihrer Aufforderung unbedarft und vertrauensvoll nach. Grober Fehler! Denn sie reißt mir mit einem entschlossenen Ruck den Schlauch heraus, der offensichtlich fest an meine Eingeweide angetackert wurde. Brülle wie ein Bulle, dem man in die Eier getreten hat, mache dabei aber wohl eine unbedachte Bewegung, mit der ich ihr das Teil, das mir diesen unsäglichen Schmerz verursacht hat, aus der Hand schlage. Das Bettlaken färbt sich rot und sieht umgehend so aus, als hätte es als Unterlage bei einer Notschlachtung gedient.

15:10 Uhr
Während die Schwestern mein Bett neu beziehen, haben Frau Doktor und ich uns gegenseitig verziehen, und sie beginnt damit, mich frisch zu verbinden.

15:20 Uhr
Bin echt sowas von fertig mit der Welt, muss dann aber zugeben, dass es mitunter doch sowas wie das perfekte Timing gibt. Denn just in diesem Moment erscheint die Herrscherin über den Kaffeewagen und bietet mir eine Tasse dieses köstlichen Getränkes an. Na bitte, geht doch.

15:30 Uhr
Bin mit mir und der Welt wieder einigermaßen im Reinen und strecke mich so entspannt es geht auf meinem Bett aus. Endlich Ruhe. Da öffnet sich die Tür. „Freuen Sie sich, Sie kriegen Gesellschaft. Herr Meiser wurde heute

Vormittag operiert und freut sich sicher über einen netten Zimmernachbarn." Meint sie damit etwa mich? Ich sehe das erstmal überhaupt nicht so. Hoffe eher, dass der Mann nicht einer von diesen Laberköppen ist, die ihre Dauerbeschallung nur zum Luft holen und Brot abbeißen unterbrechen. Beschließe, mich erstmal schlafend zu stellen und abzuwarten.

16:30 Uhr
Das gelingt mir dann tatsächlich auch für eine Stunde, dann ist der Herr Meiser wach genug, um mich nach meinem Befinden zu fragen und ungefragt von seinem zu berichten. Hab ich's doch gewusst. Warum hat man den Mann nicht vor seiner OP ein Schweigegelübde unterschreiben lassen? Denke, dass alles so einfach sein könnte. Aber warum sollte es? Einfach kann ja schließlich jeder.

17:45 Uhr
Telefoniere mit meiner Frau, um mir einen Moment Ruhe vor Herrn Meiser zu verschaffen. Dafür würde ich jetzt sogar mit meiner Schwiegermutter telefonieren.
18:00 Uhr
Es gibt Abendessen, obwohl ich so gut wie gar keinen Hunger habe. Aber egal, was auf den Tisch kommt wird gegessen. Da gibt es nix.

18:30 Uhr
Das Geschirr wird abgeräumt. Ich stelle demonstrativ den Fernseher an. Hier gibt es nur eine Fernbedienung und keine Kopfhörer, was bedeutet, dass alle das gleiche sehen müssen. Alle sind in unserem Fall Herr Meiser und ich. Aber der scheint von seiner OP doch noch recht groggy zu sein und pennt bald ein. Wenigstens das. Kann

ich mir meinen Krimi in Ruhe ansehen. Gerade in dem Moment, in dem der Killer dingfest gemacht werden soll, kommt die Nachwuchsschwester wieder ins Zimmer. Thrombosespritze! Großer Gott, was die sich hier so alles einfallen lassen.

22:00 Uhr
Die Nachtschwester nimmt ihren Dienst auf und steckt den Kopf zur Tür herein. „Brauchen Sie noch was?"

Und ob ich was brauche. Ich brauche Ruhe, Entspannung, Durchatmen. Und kein Dauerprogramm wie auf der Cranger Kirmes. Ordere bei ihr eine starke Schlaftablette, werfe sie umgehend ein und warte auf die Wirkung. Und ganz kurz, bevor ich dann tatsächlich die Augen schließe, denke ich noch bei mir: *Sweet Dreams are made for me!* Dann bin ich selig weggetreten und lasse diesen Tag endgültig hinter mir. Ich hätte es nicht mehr für möglich gehalten.

■ ■ ■

Die Weinprobe

Vielleicht kennen Sie das ja auch, dass man Menschen um sich hat, bei denen man meint, ihre Gewohnheiten zu kennen wie seine eigenen. Was nun Stratenkötters Bernie angeht, da war ich bislang felsenfest davon überzeugt, über dessen Ess- und Trinkgewohnheiten bestens Bescheid zu wissen. Soll heißen, die höchste seiner kulinarischen Vorlieben ist seit jeher eine gepflegte Manta-Platte samt Herrengedeck.

Umso erstaunter war ich, als der Justus Jablonski, der nur drei Häuser weiter wohnt, mir kürzlich unter vorgehaltener Hand erzählt hat, er hätte den guten Bernie doch tatsächlich aus Schmidtmeiers Feinkostparadies kommen sehen. Ausgerechnet Bernie! Das war im Grunde nicht viel anders, als hätte jemand den Kanzler beim Verlassen eines Swingerklubs beobachtet.

Nun will es der Zufall, dass ich dem Bernie ein paar Tage später beim Einkaufen in der Stadt über den Weg laufe. Und sich damit die perfekte Gelegenheit ergibt, Licht in das Dunkel der ungeheuerlichen Gerüchte zu bringen.

Um nicht gleich mit der Tür ins Haus zu fallen, frag ich erst einmal ganz vorsichtig: „Hallo Bernie, alles gut bei dir?"

„Ja nu", sagt Bernie, „wie heißt et so schön: Ich kann nich besser klagen. Und bei dir so?"

„Na ja, wie immer, muss, ne? Aber sag mal, stimmt das wirklich, dass du letztens in Schmidtmeiers Feinkostparadies zugange warst? Ich hab da sowas läuten hören?"

„Tja, erstaunlich, wat man so allet hört. Aber is schon richtig, da bin ich vor paar Tagen tatsächlich mal gewesen."

Damit war wenigstens klar, dass der gute Justus keinen Blödsinn erzählt hatte. Allerdings blieb immer noch offen, was um Himmels Willen Bernie Stratenkötter denn nun in den Tempel der Feinschmecker getrieben hatte. Und so blieb mir nichts anderes übrig, als nochmal genauer auf den Busch zu klopfen. Mit der Antwort hätte ich allerdings im Leben nicht gerechnet.

„Ob du's glaubst oder nicht, aber ich hab da tatsächlich anner Weinprobe teilgenommen."

Wenn ich es nicht soeben persönlich von ihm gehört hätte, ich hätte es im Leben nicht geglaubt. Bernie und Weinprobe? Ausgerechnet er, dem man jederzeit und guten Gewissens einen Beratervertrag für die Bundesdeutsche Brauereivereinigung hätte anbieten können, ohne irgendwas falsch zu machen.

„Jetzt haste mich aber total aufm falschen Fuß erwischt, mein Lieber. Wie biste denn auf die Idee gekommen?"

„Na ja, erstmal sollte man ja ab und zu schon mal über den Rand vonner Pilstulpe gucken. Und außerdem hatte mich die Susi eingeladen. Da konnte ich einfach nicht nein sagen. Verstehste doch sicher, oder?"

„Ja, sischer dat! Mein Gott, die Susi, die hab ich auch länger nicht mehr gesehen. Ist die immer noch so, ja, wie soll ich sagen, dass man sie nicht von der Bettkante schubsen täte?"
„Isse, kannste mir glauben."

„Ja nun, das erklärt jetzt so manches. Aber sag mal, du und Wein, das passt doch genauso zusammen wie Dschungelcamp und Sterneküche. Hat dir das Zeugs denn überhaupt geschmeckt?"

„Ja, mein Gott, wat soll ich sagen? Irgendwann hab ich schon festgestellt, datt et schon noch auch Leben jenseits vonne Bierkiste gibt. Die eine oder andere Sorte war gar nicht mal so übel."

„Schau an, Bernie, der Weinkenner. Hast du da vielleicht mal einen heißen Tipp für mich?"

„Ja nu, du weißt ja, datt ich mir Namen nicht so gut merken kann. Lass mich mal nachdenken. Ich glaub, der eine hieß Bad Pfürzenicher Schädelspalter. Oder so ähnlich."

„Kenn ich nicht, aber ich kann ja nun auch nicht alle Sorten Wein auf diesen Planeten kennen. Weißt du denn noch, was das für ne Traube war? Riesling, Müller-Thurgau, Chardonnay, Blauer Burgunder?"

„Dat hab ich mir jetzt echt nich gemerkt, aber datt dat Zeug aus Weintrauben war, dat is so sicher wie dat Amen inne Kirche."

„Nun werd mal nicht albern, aus was soll das denn wohl auch sonst gewesen sein, du Witzbold?"

„Wieso Witzbold? Wo heute schon Mettwurst und Hähnchenbollen aus Soja oder Erbsen gemacht werden, da kannste doch vor gar nix mehr sicher sein. Aber du hast schon Recht, war nur Spaß. Ich weiß dat nämlich wirklich nich. Hab da auch nich immer so genau hingehört. Musste die Susi fragen, die is da sowieso mehr im Thema als ich."

„Mach ich bei Gelegenheit mal. Ist ja jetzt auch nicht so wichtig. Aber war das denn wenigstens ein besonderer Jahrgang?"

„Jahrgang? Mein Gott, du fragst auch Sachen. Warum willste dat wissen? Is doch im Grunde egal, ob die Pulle nun paar Jahre älter is oder nich."

„Sag das nicht. Es gibt da schon Unterschiede zwischen den einzelnen Jahrgängen, ob sie zum Beispiel viel Sonne gekriegt haben oder ob es viel Regen gab in dem Jahr. Aber egal, mich würde dann doch eher interessieren, wie das mit dem Aroma war. Nach was hat der Wein denn geschmeckt?"

„Also, jetzt weiß ich echt nich, watte von mir hören willst. Wein schmeckt nach Wein. Punkt! Ich kann dir vielleicht sagen, ob er sauer is oder nich so sauer. Damit hattet sich aber auch schon."

„Entweder du verstehst mich nicht oder du willst mich nicht verstehen. Jeder Wein hat irgendwie eine Note. Von Himbeeren oder Erdbeeren, reife Äpfel oder wenigstens nach dem Fass, in dem er herangereift ist. Solange es sich dabei um ein Holzfass handelt."

„Tut mir leid, aber da kann ich nun wirklich nich mit dienen. Currywurstsoße, da könnt ich dir wat von erzählen. Aber Wein …"

„Lass mal, ist geschenkt. Ist ja auch nicht jedermanns Sache. Aber trotzdem, letzte Frage noch: Wie war das Ganze denn im Abgang?"

„Wie jetzt, Abgang? Du meinst doch nich etwa, ob ich hinterher aufn Pott musste?"

„Um Gottes Willen, wie kommst du denn jetzt darauf? Ich meine so nach hinten heraus, was hast du denn da am Gaumen gespürt?"

„Getz mal ehrlich, du machst einen total bekloppt mit deiner Fragerei. Aber wenn du's genau wissen willst: Feucht war et, wie et eben is, wenn man wat trinkt. Zufrieden?".

„Ja, komm, lass gut sein. Passt schon. Aber interessieren würde es mich schon, ob du dir in Zukunft doch hin und wieder ein Fläschchen Rebensaft zu Gemüte führen wirst. Ich mein, ich könnt ja auch mal eine mitbringen, wenn ich dich mal besuchen komme."

„Also, sei mir nich böse, aber dat muss getz nich unbedingt sein. Ich erklär dir dat mal so: Nachdem ich die Susi nachm Umtrunk bei Schmidtmeier zu Hause abgeliefert hatte, treff ich doch den Herbert Uhlenbrock. Den kennste doch auch. Mit dem bin ich dann in seine Stammkneipe, und da ham wir Beide uns erstmal zwei kapitale Pilskes hinter de Binde gekippt. Und weißte wat, in dem Moment hatte der Wein bei uns um Längen verloren."
„Ich kann es mir lebhaft vorstellen…"

„Ja nu, is doch so: Du machst ausm Ackergaul kein Springpferd und ausm Banausen, wie ich et bin, kein Feinschmecker. Du musst eben wissen, wo de wech kommst und wo de hin willst. Und wat sone schöne frische Gerstenkaltschale is, du glaubst gar nich, wat die fürn Abgang hat. Ich sag dir, et gibt garantiert nix Schöneret auf dieser Welt!"

Trara, die Post ist da!

Kürzlich erwarteten wir ein Paket. Ich meine, das kommt hin und wieder vor, wenn wir uns mal wieder etwas Nettes gegönnt haben oder irgendetwas dringend benötigen. Jedenfalls hatte man uns freundlicherweise mitgeteilt, dass die Lieferung am Montag eintreffen solle.

Nun hatten wir ausgerechnet zur Mittagszeit, zu der uns der DHL-Zusteller angekündigt wurde, noch etwas Dringendes zu erledigen und demzufolge die Befürchtung, dass es vielleicht etwas knapp werden könne. Wir hatten aber für den Fall die gute Hoffnung, im Briefkasten eine Karte vorzufinden, mit der Info, dass wir das Paket entweder bei einem Nachbarn oder aber im nahegelegenen Postshop würden abholen können.

Aber wie das so ist, der Mensch denkt, doch der Paketbote lenkt. Als wir nach Hause kamen, gab es keine Karte und damit die Hoffnung, doch noch rechtzeitig vor dem Zusteller vor Ort eingetroffen zu sein. Als wir drei Stunden lang vergeblich auf den Mann und seine Fracht gewartet hatten, hab ich dann doch mal die Sendungsverfolgung bemüht, um Näheres in Erfahrung zu bringen. Die dort hinterlegte Information war allerdings dazu angetan, meinen Blutdruck schwer in die Höhe zu treiben: *Ich habe Sie nicht angetroffen. Ihr Paket wird zur Packstation An der Köttelwiese gebracht. Die zur Abholung benötigte Benachrichtigungskarte wird Ihnen per Post zugestellt.*

Was sollte das denn jetzt bedeuten? Wieso Packstation und nicht Post-Shop, wo einem eine freundliche Dame mit einem Lächeln das Paket in die Hände drückt (okay, meistens ist sie schlecht gelaunt, weil sich vor ihrem Schalter eine Schlange ungeduldiger Abholer aufbaut und sie allein hinter der Theke steht)? Und warum kommt diese verdammte Karte mit der Post und liegt nicht schon jetzt im Briefkasten? Umständlicher geht's wohl kaum, und wenn wir Pech hätten, könnte das jetzt wieder tagelang dauern. Dabei brauchten wir das bestellte Teil doch dringend.

Nachdem wir zwei Tage lang zwar haufenweise Reklame und ähnliche Post im Briefkasten vorfanden, nicht aber die ersehnte Karte, machten sich in mir nacheinander Unverständnis, Ärger, Verzweiflung und Wut breit und ich beschloss, mir an der Hotline der unfähigen Firma Luft zu machen. Nun hatte ich mich auf die übliche Wartezeit in der Länge einer Fußball-Halbzeit eingerichtet, wurde aber bereits nach wenigen Minuten von einer durchaus freundlichen und sogar der deutschen Sprache mächtigen Dame begrüßt. Die mir dann zu allem Überfluss auch noch erklärte, sie könne meinem Problem umgehend abhelfen, und ob ich denn die Sendungsnummer parat hätte.
Selbstverständlich hatte ich das, und weil ich mich vorausschauend mit Stift und Papier ausgerüstet hatte, konnte sie mir einen ellenlangen Code diktieren, mit dessen Hilfe ich das mir zugewiesene Fach in der Packstation wie von Zauberhand sollte öffnen können. Na, das war doch mal ne Ansage. Das Problem schien gelöst, und ich hielt unser Paket praktisch schon in den Händen. Ich bedankte mich artig und sprang umgehend in mein Auto, um keine weitere Zeit zu verlieren.

An der erst kürzlich neu errichteten Packstation traf ich erst einmal auf einen älteren Herrn meines Alters, der anscheinend ebenfalls hierhergeschickt worden war, um der gelben Wand sein Paket zu entlocken. Was ihm aber offenbar größere Schwierigkeiten zu bereiten schien, denn er tigerte aufgeregt hin und her und sah irgendwie nicht gerade sehr glücklich aus.

Das ließ er mich bei meiner Ankunft auch umgehend wissen, indem er mich fragte: „Wissen Sie, wie das hier funktioniert?"

„Nun ja", sagte ich im überlegenen Gefühl des Aufgeklärten, „ich habe eine Code-Nummer, damit sollte das keine große Sache sein."

„Sone Scheiß-Nummer habe ich auch. Aber wo soll man die denn eintippen?"

„Na ja, da gibt es doch son Tastenfeld in diesen Stationen und auch son Fenster, vor das man die Karte halten kann, wenn man denn eine hat."

„Ich sag Ihnen eins, wenn Sie das hier finden, dann schmeiß ich ne Kiste Freibier."

So viel Großzügigkeit macht unsereinen per se misstrauisch. Und in der Tat, der gute Mann kam definitiv nicht in die Verlegenheit, das Pils in die Runde schmeißen zu müssen. Denn auch ich sah mich einer geschlossenen Phalanx gelber Türchen unterschiedlicher Größe gegenüber, in der es nicht die geringste Lücke gab, in die man vielleicht irgendetwas hätte eingeben können. War das ganze Bauwerk etwa eine ärgerliche Fehlkonstruktion? Ich meine, man hört ja immer wieder von Gebäuden, in denen Fenster oder Türen oder noch ganz andere Sachen vergessen wurden. Und dafür hatte ich mir extra eine ellenlange Nummer einflüstern lassen, die nun völlig nutzlos war. Was für eine Enttäuschung!

Doch just in diesem Moment fuhr ein gelber Transporter vor, dem ein gelb-blau gekleidetes Männlein entstieg, das sich anschickte, einige Pakete in einige der Fächer zu entsorgen. Das war unsere Chance! Wie auf Kommando stürzten wir zu zweit auf den Burschen zu, der mit entsetztem Blick abwehrend die Arme hob, wohl in dem Glauben, die beiden Grauen Panther würden sich im nächsten Moment seiner Fracht bemächtigen wollen.

Nachdem wir ihn jedoch aufgeklärt und wieder einigermaßen beruhigt hatten, erklärte er uns bereitwillig und in gebrochenem Deutsch: „Ihr mussen aben eine App!"

Aha, so war das also. Eine App. Ja, nee, is klar. Aber das hätte mir das Mädchen am Telefon doch mal erzählen können. Doch Jammern nutzte ja jetzt nix. Also Schwamm drüber und das Problem bei den Hörnern gepackt. Schließlich wissen wir, was ne App ist. Und nicht nur das. Wir sind sogar in der Lage, sowas auf unser Handy zu laden. Was blieb uns auch anderes übrig, wollten wir nicht unverrichteter Dinge wieder abziehen.

Und siehe da, nachdem wir in kollegialer Zusammenarbeit diese gelbe Kachel aufs Mobilphone getackert hatten, konnten wir doch tatsächlich diese Nummer dort eingeben. Und erlebten, wie sich kurz hintereinander zwei der unzähligen Türen wie von Geisterhand öffneten, um unsere Pakete gleichsam in die Freiheit zu entlassen.

Halleluja, wer hätte das gedacht? Nach all dem Theater doch noch sowas wie ein Happy End. Wenn auch mit Hindernissen. Aber was soll's, was zählt ist schließlich das Ergebnis. Also bin ich stolz wie Oskar mit meiner Beute nach Hause gefahren, um mich dort von meiner besseren Hälfte gebührend feiern zu lassen.

Und es hätte damit auch alles gut sein können, wenn nicht am nächsten Tag der Postbote die vermaledeite Benachrichtigungskarte in den Briefkasten gestopft hätte. Die der bequeme Sack von Paketzusteller uns eigentlich schon Tage vorher hätte hinterlassen sollen. Und auf deren Rückseite eine exakte Anleitung für diese beknackte Packstation abzulesen war, App fürs Handy inklusive.

Andrerseits hätte es so die liebenswerten Kontakte zur Tante an der Hotline, zum freundlich radebrechenden Paket-Auslieferer sowie dem Leidensgenossen an der Packstation nicht gegeben. Was mal wieder beweist, dass Vieles am Ende doch für irgendwas gut ist. Man muss es nur wahrhaben wollen. Auch, wenn's mitunter verdammt schwerfällt.

■ ■ ■

Alles nicht so einfach

Eigentlich sollte das Ändern einer Anschrift, einer Mail-Adresse oder einer Bankverbindung in Zeiten wie diesen ein Klacks sein. Man öffnet zum Beispiel sein Kundenkonto und gibt die neuen Daten ein. Wenn das nicht geht, ruft man einen Kundenbetreuer an, der sich die Änderungen notiert und später bestätigt. Idiotensicher sollte auch die Lösung sein, eine E-Mail an den Empfänger zu senden und mitzuteilen, was man geändert haben möchte. Und, voila, alles erledigt!

Das Problem dabei ist wie so oft der Mensch, der diese Informationen zu verarbeiten hat. Und dies eigentlich auch beherrschen sollte. Aber wie wir alle sicher schon schmerzlich feststellen mussten, steckt der Teufel wie so häufig im Detail. Und so kommt es immer wieder zu Unmut und Ärgernissen, weil das beauftragte Personal seinen Job leider nur sehr unzuverlässig erledigt. Oder anders ausgedrückt: Da hat mal wieder irgendeine Schnarchnase total gepennt!

Genau das ist meinen früheren Nachbarn Klaus Pannewitz passiert. Ich hatte den schon eine kleine Ewigkeit nicht mehr gesehen. Umso so größer war das Hallo, als wir uns neulich auf dem Neumarkt über den Weg laufen. Wir sind dann rüber ins Café *Aber bitte mit Sahne,* und da erzählt der mir eine Story, die ich erst gar nicht glauben konnte.

Er hatte nämlich ein Konto bei einer anderen Bank eröffnet und wolle künftig seine Kreditkarte davon abbuchen lassen, aber die entsprechende Mitteilung war irgendwie in den Untiefen der Kreditkartengesellschaft abgesoffen. Woraufhin er eine Mail rausgehauen hat, um das Problem doch noch irgendwie aus der Welt zu schaffen. Und ich sag Ihnen, die hatte es echt in sich:

Liebe Mitarbeiterinnen und Mitarbeiter dieser ulkigen Kreditkartenfirma,

der Tag, an dem ich das Angebot wahrgenommen habe, bei Ihnen eine Kreditkarte zu bestellen, gehört zu den schwärzesten meines Lebens. Daran ändert auch nichts, dass es für die Bestellung der Karte eine Prämie gab. Ganz unter uns, so toll war die nun wirklich auch nicht. Aber egal. Geschenkt!

Jetzt zu meinem eigentlichen Anliegen. Seit Wochen versuche ich, euch meine neue Bankverbindung näher zu bringen. Damit Ihr auch in Zukunft das Geld abbuchen könnt, das ich mit eurer Kreditkarte ausgegeben habe. Ist doch nett von mir, oder? Aber ihr spielt da einfach nicht mit. Was im Grunde nicht mein Problem wäre. Ihr müsst ja selbst wissen, wie ihr mit euren Kunden umgeht.

Nun ist es aber trotzdem mein Problem, denn ihr konntet ja die letzten beiden Abrechnungen nicht abbuchen. Aber statt, dass ihr die Schuld bei euch sucht, schickt ihr mir Mahnungen. Dabei hättet ihr die Kohle schon längst, wenn ihr meine neue Bankverbindung endlich gespeichert hättet. Aber ihr bucht ja feuchtfröhlich von einem Konto ab, das es gar nicht mehr gibt. Selbst Schuld!

Aber ich bin ja nicht so und geb euch noch ne letzte Chance, wie ihr doch noch an meine Talers kommt. Dazu müsst ihr nämlich, ich hab's ja schon mal erwähnt, nur meine neue Bankverbindung speichern und die alte gleichzeitig löschen. Ihr müsst zugeben, das hört sich doch ganz einfach an. Auch wenn ihr das bis heute nicht geschnallt habt.

Doch wie gesagt, ich bin nicht nachtragend. Also schauen wir nach vorn und gehen wir's an, auch wenn die Zuversicht, dass es bei euch jetzt Klick macht, gegen Null tendiert. Trotzdem, Versuch macht klug. Deshalb hier noch einmal die erforderlichen Informationen, die ihr für eine erfolgreiche Kontoänderung benötigt:

Kontoinhaber: Klaus P.
(Das ist der, dem die Kreditkarte gehört und für den das Konto eingerichtet wurde. Also ICH!)
Kontonummer: IBAN 31 2024 5451 1848 2705 51
(Das ist die Zahl, mit der man verschiedene Konten unterscheiden kann)
Kreditkartennummer: 0815 1904 9876 54
(Ja, das ist auch eine Zahl. Aber mit der unterscheidet man die Kreditkarten, nicht die Konten. Also aufpassen!)

So, das ist im Grunde schon alles. Und es ist ganz sicher auch ganz leicht, wenn ihr das jetzt in euer System eingebt. Damit wären nämlich auf einen Schlag alle Probleme beseitigt. Und das auch viel weniger aufwändig als euer bisheriges Verfahren, das bislang so ging:

- Mail des Kunden vom 09.06.2024 ignorieren
- Vom falschen Konto abbuchen
- Neue Mail des Kunden vom 26.06.2024, der sich über die falsche Abbuchung geärgert hat, erneut ignorieren
- Wieder auf dem falschen Konto abbuchen und einen Storno kassieren
- Selber ärgern aber nix unternehmen
- Den Kunden anrufen lassen und ihm am Telefon sagen, man würde die neue Bankverbindung direkt in den Computer eingeben
- Wieder vom falschen Konto abbuchen und noch einen Storno kassieren
- Den Kunden nochmal anrufen lassen und jetzt am Telefon sagen, man würde sich darum kümmern (was man natürlich nur so dahinsagt, weil man ja irgendwas sagen muss, is klar)

Da müsst ihr doch zugeben, dass mein Lösungsvorschlag viiiiiel besser ist, gelle?

So, und wenn ihr das mit der neuen Bankverbindung endlich erledigt habt, dann mailt ihr dem Onkel Klaus einfach noch kurz, wie er am schnellsten eure Kreditkarte wieder los wird, weil der nämlich gar keine Lust mehr darauf hat, seine wertvolle Zeit mit solchen Schiffschaukelbremsern zu verbringen, sondern sich seine neue Karte da holen wird, wo man wenigstens in der Lage ist, einfachste Tätigkeiten auszuführen.

In diesem Sinne verabschiede ich mich von euch und drücke ganz fest die Daumen, dass ihr beim Mittagessen nicht ins Gulasch fallt.

Euer Klaus Pannewitz

Wie singen die Kölschen Bläck Fööss so schön:
„Dat Levve es hat un mer kritt nix geschenkt."
Ich denke, dem ist nichts hinzuzufügen.

Paris, Paris, wir fahren nach Paris

Ein Urlaub ist ja mal per se eine wunderbare Sache. Dient er doch zumeist der Erholung oder dem hemmungslosen Amüsement, was ja mitunter auf das Gleiche hinausläuft. Besonderer Beliebtheit erfreuen sich in dieser Hinsicht seit Jahren sogenannte Städtereisen. Man sieht was von der Welt, hat ne Menge Spaß mit der Familie oder einer Handvoll Kumpels, geht ein paar Tage lecker Essen und Trinken und düst wieder ab Richtung Heimat.

Ja, so stellt man sich das vor. In Wahrheit aber klaffen zwischen dem Anspruch und der bitteren Realität doch oft Welten. Da kann eine solche Reise zu einer echten Herausforderung werden, zu einem Stressfaktor sondergleichen, den unsereiner so nötig hat wie fortschreitenden Haarausfall. Ich weiß das, weil ich über ebenso einschlägige wie schmerzhafte Erfahrungen auf beiden Gebieten verfüge. Jedenfalls hab ich mir in Rom, Wien, Barcelona, Hamburg und weiß der Deubel noch wo mit hängender Zunge die Sohlen abgelatscht.

Nun waren wir ja vor einigen Wochen unterwegs mit unserer Sportgruppe 70 plus, um ein Wochenende lang die Stadt der Liebe und Sünde unsicher zu machen. Ich weiß gar nicht mehr, wer von den Kollegen die Idee mit Paris hatte. Aber begeistert zugestimmt haben alle. Ohne Ausnahme. Und ich kann Ihnen versichern, der Trip war definitiv nicht ohne. Aber ganz anders, als Sie sich das jetzt vielleicht vorstellen.

Kaum sind wir nämlich am Bahnhof, der die Ausmaße einer mittelgroßen Kleinstadt hat, angekommen, ist das schon losgegangen mit den Malaisen. Denn erstmal mussten wir mühsam Peilung aufnehmen, in welcher Richtung sich denn nun der Ausgang befindet. Und als wir uns dann einigermaßen sicher waren, dauerte es garantiert noch gefühlte zehn Kilometer, bis wir endlich einen Fuß in die französische Hauptstadt setzen konnten.

In dem Zusammenhang muss ich jetzt doch mal erwähnen, wie froh ich bin, dass irgendwann mal ein geniales Hirn diese Koffer mit Rollen drunter erfunden hat. Die sind ja so was von praktisch, man würd sich sonst totschleppen an seinen Klamotten. Gut, ich geb zu, für nur ein paar Tage käme man im Grunde auch mit weniger aus. Aber wer weiß denn schon, wie das Wetter wird? Oder ob man sich einsaut, meinetwegen mit Marmelade beim Frühstück oder mit Currywurst-Soße am Abend. Wobei ich zugeben muss, dass ich nicht wirklich weiß, ob es die unter dem Eifelturm überhaupt gibt. Jedenfalls geht sowas mitunter ganz fix, und dann sitzt man da mit nur der einen Hose und kann sie nicht mehr anziehen, ohne sich bis auf die Knochen zu blamieren. Aber in so einem rollenden Koffer kann man auch mal'n Teil mehr mitnehmen, ohne ein Rückenleiden zu riskieren. Auch wenn der Weg zum Hotel ein weiter ist. Und in Paris können die Wege verdammt weit sein, das kann ich Ihnen versichern.

Nun standen wir erstmal vor dem Bahnhof und keiner wusste, wohin wir müssen. Und dann fragt mich doch tatsächlich Husemanns Benno, ob ich nicht mal im Stadtplan nachsehen könnte. Ausgerechnet mich, der einen Orientierungssinn hat wie ein blindes Brathähnchen. Für den ein Stadtplan aussieht wie ein Schnittmuster für ein Karnevalskostüm. Ich weiß einfach nie, ob es nun rechts- oder linksrum geht. Das ist so schlimm, ich könnt mich glatt aufm leeren Fußballplatz verlaufen.

Gottseidank hat dann unser Oberoldtimer, der Bernie Freckmann, in die Runde gebölkt, alles möge auf sein Kommando hören und dass wir uns halblinks halten müssten. Er wäre in den 70ern schon mal hier gewesen und tät sich deshalb auskennen wie in seiner Westentasche. Außerdem war er früher bei den Pfadfindern, da könnte definitiv nichts schief gehen. Nun ja, ich war mir da ehrlich gesagt nicht so sicher. Immerhin war das jetzt 50 Jahre her, da musste es nicht unbedingt immer noch so aussehen wie zu Bernies seligen Hippiezeiten.

Aber egal, wir sind erstmal losmarschiert, voller Vertrauen in unseren selbsternannten Paris-Experten, der doch ziemlich bald zugeben musste, dass da ja mittlerweile kaum noch was wäre wie früher und er möglicherweise doch die falsche Richtung eingeschlagen haben könnte. Als ob ich es hätte kommen sehen. Aber mich fragt ja keiner. Doch was blieb uns übrig als unbeirrt weiter zu latschen. Schließlich wollten wir ja irgendwann mal im Hotel einchecken. Außerdem gibt so ne Blase ja auch nicht ewig Ruhe.

Plötzlich hat einer gerufen: „Guck mal, da vorne, isses das nicht?" Wir also unsere Augen alle nach rechts. Hotel Ambassador! Alle Achtung, was für'n Luxus-Schuppen! Das hätten wir unserem Cheforganisator, dem Hans Watzke, gar nicht zugetraut. Spontan stieg unsere Stimmung fast ins Euphorische, bis der Hans nüchtern feststellen musste: „Unseres heißt Napoleon!" Kaum hatte er das gesagt, haben wir den Kasten auch schon entdeckt. Weiter hinten, direkt neben einer Stehkneipe. Und schon waren wir auf dem harten Boden der nackten Tatsachen gelandet.

Andrerseits, wenn man's positiv nimmt, war das ja nicht gerade unpraktisch. Konnten wir doch bei Bedarf vor dem Schlafengehen in der Kneipe noch schnell ein letztes Pils hinter die Binde kippen. Aber ein Bunker war das! Ich sag Ihnen, wenn das der Napoleon wüsste, wofür man hier seinen Namen missbraucht, der tät sich glatt im Grab umdrehen. Das war eindeutig schlimmer als Waterloo!

Doch Jammern nutzte ja nichts. Deshalb haben wir schnell unsere Plünnen im winzigen Wandschrank verstaut und sind dann auf die Piste, um endlich was Anständiges auf die Gabel zu kriegen. Wie man so hört, soll die französische Küche ja weltberühmt sein. Obwohl, was heißt das schon? Donald Trump ist auch weltberühmt, und? Na bitte.

Das Problem war allerdings, dass keiner von uns mit dem bisschen Schulfranzösisch die Speisekarten lesen konnte. Und so hat sich uns natürlich die Frage gestellt, wieso die hier eigentlich keine Speisekarte auf Deutsch haben. Aber was das angeht, da sind sie schon eigen, unsere gallischen Nachbarn. Weiß man ja. Und so stellt sich die nächste Frage: Warum können die sich nicht ein Beispiel an Mallorca nehmen? Davon abgesehen, dass da in der Regel das Wetter besser und das Bier billiger ist, hätten wir jetzt wenigstens ohne Probleme ein anständiges Schnitzel mit Kartoffelsalat bestellen können.

Nun waren wir aber nicht auf einer Insel im Mittelmeer. Und mussten mit dem zurechtkommen, was nun mal da war. Wobei uns aber auch ganz schnell klar wurde, dass die Preise definitiv nicht ohne waren. Dafür muss man auch kein Französisch können. Zahlen lesen reicht.

Also, was jetzt tun? Der ganze Trupp mit Schmacht bis unter die Arme, dafür ausgestattet mit knappem Budget und keine Ahnung, was der Koch im Bistro so in die Pfanne kloppt. Aber wie heißt es so schön? Wenn du denkst, es geht nicht mehr, kommt von irgendwo ein Lichtlein her. Oder so ähnlich. Unser Lichtlein hieß McDonalds. Das kennt man wenigstens schon von zu Hause und weiß, welches Burger-Menü man zu bestellen hat. Außerdem sind da auch Pommes frites drin, hat also auch was von französischer Küche. Das war dann gerade nochmal gut gegangen.

Derart gestärkt haben wir uns dann ins Sightseeing gestürzt. Also auf Deutsch, Rumgucken und Staunen. Kennt man ja aus dem Fernsehen all diese Sachen. Eiffelturm, Triumphbogen, Sacre Coeur und wie das alles heißt. Nun sind wir alten Säcke ja nicht blöd und rennen uns auf dem harten Pflaster Hacken ab. Also haben wir uns eine Karte für diese roten Busse gekauft, die in jeder größeren Stadt faule Touristen durch die Gegend schaukeln. Und mit dem haben wir uns alles sozusagen aus der ersten Etage angeguckt, ohne dabei groß in Schweiß zu geraten.

Darüber ist es dann so langsam Abend und damit dunkel geworden. Zeit also, das berühmt berüchtigte Pariser Nachtleben unter die Lupe zu nehmen. Und ganz ehrlich, wenn überall diese bunten Lichterketten an sind, hat das fast was von Münchner Oktoberfest. Vor allem in diesem Stadtteil Montmartre. Da kommt man sich echt vor wie auf St. Pauli. Eine Kneipe neben der anderen, mittendrin diese berühmte Moulin Rouge, und überall junge Damen vom Fach. Könnte man sich glatt dran gewöhnen.

Obwohl, es ist auch Vorsicht geboten. Hinter manch lächelnder Fassade lauert ein heimtückischer Vertreter der Pariser Unterwelt! Fragen Sie mal den Hugo Laszewski, der ja auch mit uns zugange war. Was dem da passiert ist, sowas hat man auch nicht alle Tage. Wie wir so am Schlendern sind, kommen drei schneidige Einheimische auf uns zu, sprechen uns freundlich an, wir alle verstehen natürlich mal wieder nix, und nehmen dann den Hugo mal gepflegt in ihre Mitte. Kleines Tänzchen aufm Bürgersteig, Küsschen rechts und Küsschen links, und schon war mit den Herren auch seine Brieftasche flöten. Das hat er gar nicht mal sofort gemerkt, erst als er sich ne Packung Fluppen an der Bude kaufen wollte. Da war es dann natürlich zu spät. Aber so hat der Hugo wenigstens seinen Enkeln eine tolle Story zu erzählen, wenn er nach Hause kommt. Was doch wieder mal beweist, dass alles doch irgendwie für etwas gut ist.

Nun hätte man vielleicht auch gewarnt sein können. Schließlich hat ja schon dieser Bill Ramses das schöne Lied von Pigalle gesungen, und dass das ne einzige Mausefalle wär. Das kennen Sie doch sicher auch. Aber wer ahnt auch schon, dass es einen von uns erwischen würde. Ich war jedenfalls froh, dass die Burschen nicht mich für ihren Brieftaschen-Tango ausgesucht haben. Obwohl, meine Börse hätt ich denen echt gegönnt. Bei dem, was die da drin gefunden hätten, wären denen echt die Tränen gekommen, aber garantiert.

Am nächsten Morgen hab ich dann natürlich auf ein anständiges Frühstück gehofft. Wusste ja keiner so genau, was dem Hans sein Programm uns noch für Anforderungen abverlangen würde. Da konnte eine stabile Grundlage mal per se nicht schaden. Musste dann aber feststellen, dass das kümmerliche Büffet genauso schwindsüchtig war, wie die Wände in unserm Zimmer. Die nicht verhindert haben, dass einem aber auch jedes nächtliche Stöhnen in den Gehörgang gekrochen ist.

Aber das nur mal an Rande. Wir sind jedenfalls nach den paar lauwarmen Croissants aufgebrochen, um nochmal sozusagen im Parterre einen Blick auf all die historischen Baudenkmäler zu werfen, die wir gestern nur vom Oberdeck des Busses aus gesehen hatten und mit denen die Stadt an der Seine ja nun mal reichlich gesegnet ist. Und wenn man dabei noch das eine oder andere Pils aus der Dose konsumiert, bleibt die Aufmerksamkeit mit der Zeit schon mal ein Stückweit auf der Strecke.

Und so mussten wir dann treppauf, treppab marschieren, nur um immer noch ne Kirche und noch ne Brücke und noch mehr Triumphbögen zu bewundern. Man muss ehrlich zugeben, was die Franzmänner früher so alles in die Landschaft gestellt haben, da muss man schon den Hut vor ziehen. Trotzdem war das ja noch lange kein Grund, dass wir uns jetzt die Hacken ablatschen mussten. Nur weil sich unser Vorturner, der Hans Watzke, das in seinem jugendlichen Leichtsinn so ausgedacht hatte. Aber wie heißt es so schön: Mitgegangen, mitgefangen, mitgehangen. Oder so ähnlich. Jedenfalls blieb mir nichts anderes übrig, als den anderen hinterher zu dackeln. Die ganz offensichtlich meine Konditionsprobleme nicht hatten. Warum auch immer. Aber jeder Jeck ist eben anders.

Und ich muss Ihnen sagen, da ist verdammt viel Wahres dran. Denn als wir die Marathontour endlich ohne Kreislaufkollaps, dafür mit Löchern in den Socken und Blasen an den Füßen, überlebt hatten, da entblödeten sich meine Kollegen doch tatsächlich nicht, sich noch schnell mit Andenken aller Art einzudecken. Ich sag nur Schnapspinnecken, Kühlschrankmagnete, Schneegestöberkugeln. Mit Eiffelturm, Notre Dame und Obelix drauf. Für die Omma, für die Kinder, für den Hund. Na ja, es ist halt so: Jedem das Seine. Gibt ja auch dieses Lied, ist auch von dem Bill Ramses: *Souvenirs, Souvenirs.* Trotzdem: Ich für meinen Teil brauch es nicht.

Nun hätten die Sportkumpels womöglich nie mit dem Shopping aufgehört, aber den Zug in die Heimat verpassen wollte von denen natürlich auch keiner. Zumal wir vorher noch unsere abgestellten Koffer aus dem Hotel holen mussten. Wenn sie denn überhaupt noch da waren. Nach der Nummer mit der Brieftasche am Vorabend trau ich denen hier alles zu.

Aber, was soll ich sagen, am Ende saßen wir pünktlich im Intercity, der seinerseits tatsächlich pünktlich war. Was ja, wie wir alle wissen, nicht unbedingt selbstverständlich ist. Und wie das oft so ist, kaum hatten wir uns in die Polster fallen lassen, der Bernie hatte auf dem Bahnhof noch eben zwei Sixpacks eingesackt, da schwand die körperliche Ermattung mit jedem Kilometer. Und wir hatten die Grenze man gerade so hinter uns gelassen, da waren wir schon wieder bester Laune, erzählten unanständige Witze und fingen tatsächlich an, Pläne für den nächsten Ausflug zu machen. Rom wäre nett oder Monaco. Da könnte man doch entweder dem Papst oder Prinz Albert Grüße aus der Heimat überbringen.

Vielleicht reicht ja auch Grevenbroich, um da mal gepflegt mit dem Horst Schlämmer den einen oder anderen Doornkaat zu verkasematuckeln. Nun ja, wir werden sehen. Ich halte Sie auf jeden Fall auf dem Laufenden.

Wer bremst, verliert!

Wie wir alle aus leidvoller Erfahrung wissen, ist Autofahren seit geraumer Zeit auch nicht mehr das, was es mal war. Ist doch wahr, setz dich ans Steuer und du hast nichts als Probleme. Baustellen, Staus und Blitzanlagen, dazu Tempo 30 an jeder Ecke. Von den Spritpreisen wollen wir gar nicht erst reden. Fahrspaß jedenfalls sieht definitiv anders aus.

Außerdem haben wir, gut informiert, wie wir nun mal sind, selbstverständlich schon mal etwas vom Klimawandel gehört. Und da möchte man natürlich ebenfalls seinen bescheidenen Beitrag leisten.

Also bleibt unsereins doch gar nichts anderes übrig, als nach Alternativen zu suchen. Wobei sowas wie Skateboard oder diese neumodischen Elektroroller ja nun definitiv eher etwas für die Enkelgeneration ist statt für unsere Altersklasse. Die greift ja nach wie vor lieber auf den guten alten Drahtesel zurück. Wobei man das mit dem „alt" mal ganz schnell wieder vergessen kann, denn die Menschheit bevorzugt ja mittlerweile Zweiräder in vollmotorisierter Form, bei denen das Treten in die Pedale ja so gut wie keine Rolle mehr spielt. Und es spricht ja auch absolut nix dagegen, sich das Fahrradfahren so bequem wie möglich zu machen. Schließlich ist das Leben schon hart und anstrengend genug.

Allerdings gibt es daneben auch die Sorte Zeitgenossen, die zur Reduzierung der PKW-Nutzung nicht auf unplattbaren Profilreifen, sondern auf den eigenen Füßen unterwegs sind. Und ob Sie's glauben oder nicht, aber auch meine Frau und ich gehören zu denen, die besonders im Urlaub gern längere Strecken per pedes zurücklegen.

Wanderschuhe an die Quanten, Marschverpflegung im Rucksack, und schon geht es für zwei bis drei Stunden raus an die frische Luft. Ich geb zu, das ist vielleicht nicht jedermanns Sache, aber wir mögen das. Außer natürlich, es regnet wie aus Kübeln. Aber darüber wollen wir jetzt gar nicht erst nachdenken.

Zum Glück hatten wir bei unserem letzten Aufenthalt an der Nordseeküste, wo ja bekanntlich die Fische im Wasser und selten an Land sind, außer sie brutzeln in der Pfanne eines Restaurants, ausgezeichnetes Wetter. Was uns leichtfertig zu der Entscheidung verleitete, morgens nach dem Frühstück den Bus zu nehmen und mit ihm bis zur überschaubar entfernten Endstation zu fahren. Den Rückweg würden wir dann mit unserer eigenen Beine Kraft zurücklegen. Denn so viel ist mal klar, fünf Kilometer Fußweg können selbst unsereinen nicht unbedingt in Angst und Schrecken versetzen.

Kurze Zeit später machen wir uns voller Tatendrang und gut gelaunt auf den Rückweg, werden jedoch schon nach wenigen Metern durch ein blaues rundes Verkehrsschild darüber aufgeklärt, dass wir uns diesen Weg mit dem Zweiradverkehr teilen müssen. Okay, es gibt Schlimmeres auf dieser Welt, damit kommen wir schon klar. Merken allerdings schnell, dass diese Piste entlang der Dünen außerordentlich beliebt zu sein scheint. Wir überholen Familien mit Kinder- und Bollerwagen, uns begegnen Pärchen oder kleine Gruppen Urlauber und selbstverständlich auch Radler auf ihren Drahteseln.

Mitten in diesem Traum einer perfekten Urlaubsidylle schrecken uns heftige Klingeltöne von hinten auf. Als wir uns umdrehen, brettert uns eine Dreiergruppe auf diesen motorisierten Bikes in einem Affenzahn entgegen. Okay, kein Grund zur Sorge, da ist ja schließlich Platz genug. Ja, Scheibenkleister, hat sich was von wegen Platz genug. Denn just in diesem Moment nähern sich von vorn zwei Herren auf ihren Klapprädern. Und die beiden Kameraden müssen ausgerechnet auch noch nebeneinander fahren wie ein verliebtes Pärchen am Valentinstag. Uns gelingt es gerade noch, uns so gut es geht dünne zu machen, um das Ganze ohne Kollision und mit heiler Haut zu überstehen.

Dann atmen wir erstmal ganz tief durch, bevor wir unseren Weg fortsetzen. Kommen aber nicht weit, denn was wir da gerade erlebt haben, war nur das Vorspiel für das, was uns in den nächsten zwei Stunden widerfahren wird. Rasende Horden Fahrrad- oder Rollerfahrender Mitbürger, die uns überholen oder entgegenkommen, sich mit Klingeln, Tröten oder Sirenenähnlichen Tönen versuchen Platz zu verschaffen, umgehend zum Wutbürger mutieren, wenn das nicht auf der Stelle gelingt, und ohne Rücksicht auf Verluste den Terminator in sich entdecken. Jeder fährt nach dem Motto: Wer bremst, verliert, denn wo ich bin, ist vorne! Und wir fühlen uns, als seien wir mitten in das Starterfeld der Tour de France geraten.

Dieser an sich so idyllische strandnahe Rad- und Wanderweg entwickelt sich zunehmend in eine altrömische Kampfarena, hin und wieder bewahrt uns nur ein beherzter Sprung in die dicht bewachsene Strauchrosenhecke vor lebensgefährlichen Kollisionen, und wir danken dem Herrn im Himmel, als wir endlich den Endpunkt unseres Höllentrips erreichen. Fix und alle und fertig mit der Welt und einig darin, dass wir stattdessen genauso gut auf der Autobahn hätten spazieren gehen können.

Ich sag Ihnen, der Eisbecher, den wir uns zur Belohnung für diesen Horror gönnen, hätte locker die Ausmaße eines Wassereimers verdient. Aber auch mit der Normalportion kehren so peu à peu Ruhe und Gelassenheit in uns zurück. Und nicht nur das. Uns überkommt gleichzeitig eine bahnbrechende Idee. Wie wäre es denn, so dachten wir uns, wenn man diesen Fuß- und Fahrradweg des Grauens künftig von vornherein als Abenteuer-Parcours ausweisen würde? Jeder mit zu viel Adrenalin und Testosteron ausgestattete Hooligan könnte hier seine Aggressionen ausleben und käme damit garantiert auf seine Kosten. Und wäre zweifellos bereit, eine adäquate Aufwandsentschädigung in die stets klamme Gemeindekasse zu schaufeln. Womit für diesen Kurort, davon waren wir mehr als überzeugt, goldene Zeiten anbrechen würden.

Warum dieser geniale Einfall allerdings bis heute nicht umgesetzt wurde, entzieht sich unserer Kenntnis. Aber mal ganz ehrlich, wir können uns ja nun wirklich nicht um alles kümmern.

■ ■ ■

TV ist auch im Sommer schön

Jedes Jahr zur Sommerzeit beginnen sie wieder, die penetranten Nörgeleien am täglichen Fernsehprogramm. Und die Klage ist immer die gleiche: Viel zu viele Wiederholungen! Alles nur alter Käse, den man uns oft nicht nur einmal sondern zum wiederholten Male vorsetzt. Okay, es sind die Monate der Ferien und des Urlaubs, in denen gefühlt die halbe Republik nicht im Lande ist. Aber wir, die wir in dieser Zeit der Heimat treu bleiben, werden dafür auch noch mit abgestandenen und verstaubten Filmchen und Serien bestraft. So die landläufige Meinung.

Nun, ich denke, das kann man so sehen, muss man aber nicht. Denn nehmen wir doch nur mal die Generation Ü 60, der ich ja selbst sei einigen Jahren angehöre. Für die hat eine solche Programmgestaltung im Grund kaum negative Begleiterscheinungen. Denn mal ehrlich, angesichts der immer stärker um sich greifenden Vergesslichkeit weiß unsereiner doch schon ein halbes Jahr später überhaupt nicht mehr, ob man einen Film schon gesehen hat oder nicht. Und sollte es uns doch hin und wieder so scheinen, als käme einem der Krimi irgendwie bekannt vor, so fehlen dann doch zumeist die entscheidenden Details. So dass man am Ende vollkommen überrascht ist, dass es nicht der Gärtner war, der das Opfer über den Jordan befördert hat, sondern der Postbote oder der zwielichtige Nachbar. Man kann sich schließlich nicht alles merken.

Nun unterliegen in diesen Monaten aber nicht nur Krimis, Romanzen oder Traumschiff-Filmchen dem Diktat der Wiederholung. Auf einigen Sendern werden stattdessen bevorzugt diese beliebten Video-Clip-Serien rauf und runter genudelt, in denen es zumeist derb, witzig oder ausgesprochen schräg zur Sache geht. Und damit sich das Angucken auch lohnt, gibt es diese Kurzfilmchen immer gleich im prallen Bündel. Bei RTL heißt das dann zum Beispiel *Die 100 heißesten Pannen unter Palmen*, wobei es dabei definitiv nicht um Autounfälle unter der karibischen Sonne geht. Oder *Die 100 kuriosesten*

Gänsehaut-Momente, Die 100 schrägsten Erlebnisse mit der Familie oder *Die 100 verrücktesten Ideen, das Leben zu genießen.* Da kann man dann am Ende sogar noch etwas für den eigenen gelungenen Alltag lernen.

Der Sender SAT.1 setzt sogar noch einen drauf und bietet so erhellende Themen wie *111 völlig verrückte Viecher, 111 höllische Hobbys, 111 krasse Kollegen* oder *111 Knallerkinder,* was allerdings weniger mit Sylvester zu tun hat als vielmehr die lieben Kleinen in hilflosen, ulkigen oder total bescheuerten Situationen zeigt. Ich meine, sowas muss man nicht unbedingt mögen, es hat aber unbestritten seine unterhaltsamen Qualitäten. Wer guckt nicht gern hin, wenn sich andere bis auf die Knochen blamieren oder sich selbst nicht zu blöd sind, ihre eigenen Unzulänglichkeiten von einer Kamera filmen zu lassen.

Damit nun den Fernsehanstalten auch für die nächsten Jahre die Ideen nicht ausgehen, hab ich mir da mal ein paar Themen überlegt, die meines Erachtens sicher auf größtes Interesse bei den Zuschauern dieser Sendereihe stoßen würden.

So könnte ich mich beispielsweise, und ich denke, da stehe ich nicht allein, so etwas begeistern wie *Die 100 lächerlichsten Politikerfrisuren* oder *111 total verunglückte Schönheitsoperationen.* Und ganz weit vorn bewegen sich bei mir natürlich Themen, die für meine Generation der ergrauten Rolli-Schubser eine ganz besondere Bedeutung haben. Das könnten zum Beispiel sein *111 abgefahrene Geh-, Seh- und Hörhilfen, Die 100 hinterhältigsten Heizdecken-Verkäufer auf Kaffeefahrten, 111 schlecht sitzende Toupets, auf die man gut verzichten könnte* oder *Die 100 formschönsten Gebissreiniger-Dosen der Welt.*

Meine Liste habe ich bereits geschrieben, die geht noch morgen raus an die Sender. Und wenn die Programm-Macher keine ausgemachten Ignoranten sind und eine ganze Ladung Tomaten auf den Augen haben, dann werden sie die Qualität meines Brainstormings ohne Zweifel erkennen und entsprechende Filmchen zusammentragen. Damit hätten sie dann Material für die kommenden fünf Jahre und die Zuschauer garantiert massig Spaß inne Backen. Achten Sie demnächst mal drauf!

Die besseren Menschen

Man hört so oft, Tiere seien die besseren Menschen. Und es gibt sicher eine Menge Menschen, die diese These eindeutig bestätigen. Denn Tiere können treu sein und anhänglich, klug und lernfähig, was man von vielen Zeitgenossen leider nicht unbedingt behaupten kann. Gut, zugegeben, es gibt sicher auch unter den Mitgliedern der heimischen Fauna Exemplare, und ich rede hier nur mal von den uns nahestehenden Haustieren, die rechte Drecksäcke sein können. Die kratzen, beißen, stinken, ins Bett pinkeln oder ihr Geschäft auf dem Teppich machen. Aber die landen dann entweder im Tierheim oder treiben Frauchen und Herrchen an den Rand des Wahnsinns. Und ehrlich gesagt ist das eine nicht besser als das andere.

Hier und heute soll es jedoch um die Hunde, Katzen, Goldhamster oder Wellensittiche gehen, an die wir unser Herz verloren haben. Die uns nicht nur gute Freunde, sondern häufig gar geliebte Familienmitglieder geworden sind. Oder solche, die zu ganz besonderen Leistungen fähig sind. Die mehr können, als nur fressen und anschließend in die Botanik kacken, oder die über einen größeren IQ verfügen, als ihre Besitzer, die im Grunde oftmals eher ihre Sklaven sind.

Ein besonderes Exemplar von Mitglied der Familie ist zweifellos dem Karl Lagerfeld seine Katze. *Choupette*. Haben Sie sicher auch schon mal von gehört. Die hatte bei dem guten aber auch etwas seltsamen Karl ja ein Leben wie der sprichwörtliche Gott in Frankreich. Was nicht so weit hergeholt ist, schließlich waren die Beiden ja auch in Paris zu Haus. Jedenfalls wurde die besser behandelt als so manche Ehefrau. Die der Karl ja nun auch mal nicht hatte.

Jedenfalls gab es im Hause Lagerfeld stets nur ausge-suchte Leckereien, gepennt wurde auf einem Seidenkissen, und ihr Geschäft hat sie sicher auf Rosenblättern verrichtet statt auf profaner Katzenstreu. Könnte ich mir jedenfalls so vorstellen. Ich war ja schließlich nicht dabei.

Nun hat der Modeschöpfer ja inzwischen das Zeitliche gesegnet, und man hätte auf die Idee kommen können, dass damit dieses Leben in Prunk und Luxus ein für allemal ein Ende gefunden hätte. Aber weit gefehlt. Es ging nicht nur heiter weiter, der Mann hat dem Tier sogar sein komplettes Vermögen vermacht. Und das war ja be-kanntermaßen recht ansehnlich. Jetzt passt dem Karl sein bester Kumpel auf Choupi und die Knete auf, und beiden geht es gut. Tja, da kann man mal sehen. Katze müsste man sein. Zumindest wenn der Sponsor ein angesagter und vermögender Klamottenschneider ist.

Wenden wir uns aber nun den Vertretern der Tierwelt zu, die uns durch ihre ganz besonderen Talente aufgefallen sind. Sicher erinnern Sie sich noch an *Kommissar Rex,* diesen hochintelligenten Schäferhund, der mehr Gauner zur Strecke gebracht hat als eine Hundertschaft versierter Polizeischnüffler. Oder an *Unser Charly,* diesen putzigen Schimpansen, der es schließlich immerhin zum Schauspieler gebracht hat und immer samstags entweder vor „Wetten dass …" oder dem Abendkrimi für allerlei Schabernack gesorgt hat. Und dazu an *Lassie, Flipper* und *Fury* oder wie sie alle heißen.

Nun könnte man angesichts derartiger Koryphäen zweifellos in absolute Verzückung geraten. Und das sicher nicht mal zu Unrecht. Aber ich sage Ihnen, was die konnten, waren absolute Peanuts im Vergleich zu der Mission, für die vor einiger Zeit ein Kater in Deutschlands Osten auserkoren wurde. Denn der Stubentiger, der bislang ein unbeschwertes Leben an der Mecklenburgischen Seenplatte geführt hatte, sollte, so hatte sich das sein Herrchen in den Kopf gesetzt, künftig ein verantwortungsvolles politisches Amt übernehmen. Und zwar nicht irgendeins. Sondern tatsächlich das des Bürgermeisters seiner Heimatstadt.

Ja, das ist doch mal ne Ansage. Bürgermeister! Erster Bürger der Stadt! Okay, wenn man es genau nimmt, ja eigentlich Erster Kater. Jedenfalls mit allen Aufgaben, die so ein Amt nun mal mit sich bringt. Chef der Verwaltung zum Beispiel oder diverse Sitze in Aufsichtsräten. Und dafür ein üppiges Gehalt und zusätzlich Diäten einstreichen. Dazu Gedenktafeln enthüllen, Ehrenbürger auszeichnen, Pokale übergeben, Spendenschecks an Frau und Mann bringen und Gäste empfangen. Auch solche, die man lieber von hinten sieht. Kann man ja jeden Tag etwas in der Zeitung drüber lesen.

Nun kann man sich natürlich fragen, ob das alles so richtig ist für eine Hauskatze, wenn sie auch noch so clever und aufgeweckt ist. Andrerseits, wer will das schon zuverlässig beantworten? Ich könnte es nicht.

Ist aber auch gar nicht so wichtig, denn am Ende ist daraus ja nun leider auch nichts geworden. Aber nicht etwa, weil das Tier die Wahl verloren hätte. Nein, die zuständige Wahlkommission hat sich schlichtweg geweigert, dem Stubentiger einen Platz auf der Kandidatenliste einzuräumen. Eigentlich schade drum. Denn bei all den Problemen, die uns unsere oftmals heillos überforderten Politiker zuhauf bescheren, hätte der Kater zweifellos beste Chancen gehabt. Und nur mal angenommen, er hätte anschließend seinen Job gut gemacht, wer weiß, ob sich nicht für so manchen Kollegen, seien es nun Hund, Meerschweinchen, Kanarienvogel oder Goldhamster, später einmal Tür und Tor geöffnet hätten. Ich könnte mir vorstellen, dass diese Welt dann vielleicht eine bessere wäre.

Mein Feind, der Baum

Die älteren Semester unter uns, die so etwa in meiner Altersklasse unterwegs sind, werden es sicher noch kennen, dieses zu Herzen gehende Lied von Alexandra: *Mein Freund, der Baum, ist tot, er starb im letzten Abendrot.* Und wahrscheinlich haben Sie auch schon mal von diesen Baumfreundinnen und -freunden gehört, die wohlgemut in die Wälder marschieren und voll Freud und Wonne eine veritable Buche oder Eiche umarmen, um die Kraft und Energie dieser Baumriesen zu spüren und gleichsam eins zu werden mit der Natur.

Andrerseits soll an dieser Stelle nicht verschwiegen werden, dass bei der Begegnung mit dem heimischen Baumbestand auch Gefahren lauern, die der besonderen Vorsicht bedürfen. So heißt es ja in dem bekannten deutschen Volkslied nicht umsonst, dass im Mai die Bäume ausschlügen. Und nach stürmischem Wetter sollte man vielleicht eher mit Schutzhelm unterwegs sein, um nicht von herabfallendem Geäst erschlagen zu werden.

Aber ich kann Ihnen versichern, es geht immer noch weitaus schlimmer! Nachlesen kann man das in einem Buch, das ein weitgereister Mann jüngst geschrieben hat. Da kann man sich nur verwundert die Augen reiben, was auf dieser Welt für hinterlistiges Baumgewächs sein Unwesen treibt.

Damit Sie das Buch nicht extra kaufen und lesen müssen, hab ich für Sie ein paar Beispiele zusammengefasst, die Ihnen aber mal ganz schnell die Augen öffnen werden. Ich sag nur eins: vergiften, töten, brandschatzen. Es ist wirklich nicht zu fassen, was sich da in der freien Natur so alles abspielt. Das reinste Katastrohen-Szenario!

Nehmen wir zum Beispiel mal die *Tamarisken*. Fragen Sie mich jetzt nicht, was das ist, aber dieses Strauchwerk hat es faustdick hinter den Blättern. Die Büsche können nämlich so eine Art Streusalz abwerfen und sauen damit den Boden rundherum dermaßen ein, dass allem anderen die Puste ausgeht. Sozusagen Ende im Gelände. Das nenn ich mal Egoismus pur. Und die Akazie schafft es sogar, ihre umstehenden Kollegen und Kolleginnen für sich einzuspannen. Wenn die nämlich angeknabbert wird, dann produzieren alle anderen reichlich giftiges Material, was den Fressfeinden nicht nur kräftig den Appetit verdirbt, sondern sie kurzerhand in die ewigen Jagdgründe verfrachtet. Tja, gewusst wie, kann man da nur sagen.

Ein ganz anderes Kaliber ist da allerdings die *Würgefeige*. Bei der man einfach feststellen muss, dass Nomen doch immer wieder Omen sein kann. Wenn die nämlich ihre Umwelt mit ihren Samen belästigt und diese statt auf dem Boden auf einem anderen Baum landen, dann hat der arme Kerl von jetzt auf gleich die Arschkarte gezogen. Weil diese Samen Wurzeln kriegen, die sich am Baum herunterwinden und ihn kurzerhand erwürgen. Zack, ex und hopp. Das war's dann. Der Gewürgte stirbt den Heldentod und die feige Feige nimmt seinen Platz ein. Das nennt man dann wohl Eigenbedarf.

Noch raffinierter geht der *Australische Weihnachtsbaum* zu Werke. Bevor Sie jetzt falsche Vorstellungen von der Pflanze kriegen, der hat min dem Weihnachtsbaum, wie wir ihn uns zu den Feiertagen geschmückt ins Wohnzimmer stellen, nicht die Bohne zu tun. Der blüht halt zu Weihnachten, so einfach ist das. Der hat nicht mal Nadeln, sondern dicke Blätter wie ein Elefantenohr, die bis zu 20 Meter hoch am Astwerk hängen. Ja, Sie merken schon, hier kann man wirklich noch was lernen. Aber, was treibt der Bursche denn so Widerwärtiges? Ja nun, bei dem kommt ja fast schon sowas wie Hightech ins Spiel. Dafür streckt der unter der Erde seine Wurzeln aus, an denen nicht nur so kleine Saugnäpfe hängen, sondern auch noch Ringe, die er um die Wurzeln seiner Konkurrenz legt. Und als wär das noch nicht genug, verwandeln sich diese Ringe in messerscharfe Klingen. Die Ehrlich Brothers lassen grüßen. Und dann knipst er mit dieser Schere die Wurzeln durch wie ne Bockwurst und saugt ihnen die Nährstoffe ab, bis das Ganze aussieht wie Trockenobst. Was für ne perfide Nummer.

Und doch nix gegen den *Eukalyptus*. Dessen Öl wir ja im Grunde gern benutzen, um uns bei Erkältung immer mal wieder so ein Hustenbömsken einschieben zu können. Aber das soll uns an dieser Stelle mal überhaupt nicht interessieren. Denn was sich diese Kanaille für eine Überlebensstrategie zurechtgelegt hat, da fehlen einem die Worte. Denn die ist für seine nähere wie weitere Umgebung eine absolute Katastrophe. Nehmen wir mal an, es brennt, und ich sag Ihnen, wo der wächst, da brennt es gern und oft, dann heizt der mit seinen Ölblättern und der trockenen Rinde aber mal kräftig mit ein. Die kann er sogar Stückeweise wie kleine Molotow-Cocktails kilometerweit durch die Gegend schleudern. Jedenfalls, wenn denn um ihn herum alles in Schutt und Asche gelegt ist, dann schlägt der am verkohlten Stamm einfach wieder aus, seine Samen sind sozusagen feuerfest und keimen da, wo sonst nix mehr wächst, ohne mit der Wimper zu zucken. Und schon hat er sich vermehrt wie ein Haufen liebestoller Karnickel. Ich sag Ihnen, wenn das ewig so weitergeht, also, soviel Eukalypusklümkes können wir gar nicht lutschen, wie da Bäume auf der Erde rumstehen werden. Sie müssen zugeben, das ist einfach der Wahnsinn schlechthin.

Andrerseits könnten Sie an dieser Stelle natürlich zu der Feststellung gelangen, und zwar völlig zu Recht, dass all diese von mir genannten Bäume ja eher fern der Heimat unterwegs sind. Aber gemach, liebe Freunde, auch in unseren Breiten gibt es ein Exemplar, dem man nur mit äußerster Vorsicht über den Weg laufen sollte. Und Sie werden es kaum glauben, aber es handelt sich dabei doch tatsächlich um die uns wohlbekannte Walnuss. Die jeder von uns durchaus im eigenen Garten stehen haben könnte. Und wenn nicht das, dann lassen sich die meisten von uns doch wenigstens die Nüsse nur allzu gern schmecken. Und sei es in Form eines genussvollen Eisbechers.

Aber, und jetzt kommt es, wussten Sie, dass dieses Blattwerk seine Umwelt gnaden- und rücksichtslos vergiftet? Über die Blätter, über die Schalen der Nüsse, wenn sie noch grün sind, oder über die Wurzeln. Man ist halt gründlich. Jedenfalls tötet dieses Gift alle Pflanzen in seiner Nähe. Ohne Rücksicht auf Verluste. Die reinste Chemiewaffe. Da sträuben sich einem doch glatt die Nackenhaare.

Also, wer sich angesichts dieser Schilderungen nicht mit Grauen abwendet, der muss schon ein ziemlich dickes Fell haben. Ich meine, wir wissen zwar alle, dass die Natur schon lange nicht mehr das ist, was sie mal war. Aber dass sie gleich dermaßen über die Stränge schlägt? Da traut man sich doch künftig nicht mal mehr, einen kleinen Waldspaziergang zu unternehmen, vor lauter Angst, es könnte verdammt ungemütlich werden.

Andrerseits sag ich immer, Bangemachen gilt nicht! Darum hab ich mir überlegt, gleich morgen einen Härtetest zu machen und den Baumriesen im heimischen Stadtpark einen Besuch abzustatten. Und für den Fall, dass die Burschen mir tatsächlich gefährlich nahe auf den Pelz rücken, klemme ich mir vorsichtshalber eine Kettensäge mit leistungsfähigem Akku unter den Arm. Und dann wollen wir doch mal sehen, wer hier wem das Licht ausbläst. Ich jedenfalls werde mich zu wehren wissen!

■ ■ ■

Ich soll schön grüßen

Die meisten unter uns werden sicher froh darüber sein, dass die Schulzeit mittlerweile eine Ewigkeit her ist. Und es uns deshalb von Jahr zu Jahr schwerer fällt, sich an die Leidensgenossinnen und -genossen zu erinnern, mit denen wir vor Jahrzehnten die harte Schulbank gedrückt haben. Aber mal ehrlich, ist es nicht auch so, dass wir bei etlichen dieser früheren Mitstreiter auch keinerlei Bedürfnis hegen, sich ihrer zu erinnern? Was im Übrigen auch für größere Teile des Lehrkörpers gilt. Aber das nur mal so am Rande.

Nun gerät man allerdings schon hin und wieder mal in eine Situation, in der man nicht umhin kommt, seine Gehirnzellen für genau dieses Thema zu aktivieren. Ob man nun will oder nicht. Nämlich dann, wenn man zufällig auf der Straße einen Bekannten trifft, den man längere Zeit nicht mehr gesehen hat, und der uns nach kurzer aber herzlicher Begrüßung mit dieser Ansage überfällt:

„Du ahnst nicht, wen ich heute getroffen habe."
„Nee, wie sollte ich?"
„Und ich soll dich sogar von ihm grüßen."
„Ach was?"
„Ja, schön, nicht?"
„Ja, ja, wirklich, sehr schön. Aber von wem denn nun?"
„Ach so, ja, nee, is klar. Also, das war der ... äähh ... Moment ... ich hab's gleich ... boah, nee, du glaubst es nicht, aber ich komm einfach nicht auf den Namen."
„Echt jetzt? Das ist aber schade."
„Nee, warte mal, fällt mir bestimmt wieder ein."
„Na, ich will's doch stark hoffen."
„Ja, logisch, also weißt du, das war der, den kennst du

ganz sicher, mit dem sind wir doch damals zur Schule gegangen."

„Na ja, das ist aber schon ganz schön lange her. Und das waren ja auch mehr als nur einer."

„Klaro, aber ich meine den mit so Flecken im Gesicht und dieser komischen Frisur."

„Mmh, lass mich überlegen, komische Frisur? Da fällt mir jetzt echt keiner ein."

„Schade."

„Ja, hättest du gesagt, der hatte Segelohren, da wüsste ich sofort, dass das Charly war, die alte Knalltüte."

„Stimmt, der durfte in der Pause nie aufn Schulhof raus, wenn Sturm war. Hatte der nicht auch immer so ne rote Jacke an?"

„Nee, ganz sicher nicht. Der mit der roten Jacke, das war nicht Charly, ich glaube, der hieß Achim und hatte was mit dieser Blonden, deren Erzeuger Frauenarzt war?"

„Ach was, die Blonde mit dem Arzt-Pappi, die war doch mit dem Spacko zusammen, der immer mit so nem himmelblauen Mopped in die Penne kam."

„Nie im Leben, mit dem himmelblauen Mopped, das war Hugo, der alte Streber, und der hatte definitiv was mit dieser Schwarzhaarigen mit dem Silberblick."

„Erzähl mir nix, die mit dem Silberblick war die Perle von unserem Klassenclown."

„Ach ja, Friedhelm, der Klassenclown. Kann mich noch gut daran erinnern, wie der mal ne Packung Waschmittel ins Schulaquarium gekippt hat. Aber der ging doch nicht mit der mit dem Silberblick. Der hatte doch dieses scharfe Geschoss, die mit dem Bruder, der in der Schulband Schlagzeug gespielt hat."

„Ja, von wegen, die mit dem Bruder in der Schulband, das war die kleine Pummelige, die immer mit dem Ruck-

sack mit dem Bild von Bernd Clüver drauf unterwegs war."

„Alter, laber nicht, der Bruder von der Pummeligen war Fußballer, und auf ihrem Rucksack hatte die einen Aufnäher von den Bayern."

„Machst du Witze? Es gab da nur einen mit Bayern-Aufnäher, und der pappte auf der Sporttasche von dem Angeber Scheuermann, weißt doch, dessen Alter das Autohaus mit den Nobelkarossen hatte."

„Nee, nee, jetzt vertust du dich, mein Lieber. Das Autohaus hatte der Olle von Fritzchen Pittermann, der Typ, der dem Mathe-Pauker mal ne Tüte Hundekacke in die Aktentasche geschmuggelt hat."

„Ja, das mit der Kacke weiß ich wohl noch, aber das war garantiert nicht Pittermanns Fritz."

„Nicht?"

„Nee, Pittermann hat damals das Paukerklo unter Wasser gesetzt. Das mit der Kacke war Susi. Die hatte doch diese drei großen Köter zu Hause."

„Das wüsste ich aber. Die mit den Kötern, das war die kleine dicke Hannelore."

„Bist du sicher? Klein und dick? Ich dachte, Hannelore wäre die schlanke Große mit dem Gesicht voller Sommersprossen gewesen."

„Nie und nimmer. Wenn da einer mit Sommersprossen gesegnet war wie unsereiner mit Fehlern im Diktat, dann war das diese Schweinebacke, die obendrein auch noch so ne beknackte Frisur hatte."

„Jau Mann, hast Recht, genau so ne bescheuerte Frisur wie der Macker, den ich heute Morgen getroffen habe."

„Ja, guck, dann wissen wir doch wenigstens, von wem du mich grüßen solltest."

„Hatt ich auch nicht ernsthaft dran gezweifelt. Obwohl, wie der Kerl jetzt heißt, wissen wir immer noch nicht."

„Und weißte was? Es ist mir auch scheißegal! Denn mit der sommersprossigen, schlecht frisierten Arschgeige hatte ich in der Penne nix als Ärger. Und das Letzte, was ich brauche, ist, dass mich so einer grüßen lässt. In diesem Sinne, hau rein und bis die Tage. Man sieht sich. "

„Na, das will ich doch schwer hoffen."

„Wird schon. Aber ich geb dir gern noch einen kleinen Tipp mit auf den Weg."

„Der wäre …?"

„Solltest du mich dann wieder von irgendwem grüßen lassen, frag einfach nach dem Namen."

■ ■ ■

Happy Birthday to you

Ja, ich weiß, man soll nicht immer zurückblicken auf die angeblich so guten alten Zeiten. Weil sie zwar alt aber beileibe nicht immer so wirklich gut waren. Außerdem leben wir im Hier und Jetzt und sollten das nach Herzenslust genießen. Obwohl, wenn man mal genau hinsieht, die guten neuen Zeiten oft noch viel weniger gut sind als die alten. Das kann schon dazu führen, dass man mitunter ein wenig die Orientierung und Überzeugung verliert.

Nun ist es für den Fortgang dieser Geschichte aber dringend erforderlich, sich doch einmal, wenn auch nur kurz, der Vergangenheit zu erinnern. Und zwar explizit der in diesen Zeiten stattgefundenen Kindergeburtstage. Also jetzt nicht mehr unbedingt an die eigenen. Die sind ja schließlich dermaßen lange her, dass uns niemand für unsere Vergesslichkeit einen Vorwurf machen wird.

Nein, es reicht vollkommen aus, einen Rückblick auf die Geburtstagsfeiern des eigenen Nachwuchses zu werfen. Und zwar nicht auf die mit Omma und Oppa, Tanten und Onkels zelebrierten Familienfeiern. Sondern vielmehr die herausfordernden Nachmittage, an denen Freundinnen und Freunde, Musterschüler und Anarchos, Schüchterne und Obercoole mit Hurra in Haus und Garten eingefallen sind. Und sich je nach Tageszeit mit Torte, Waffeln und Vanilleeis oder Würstchen, Pommes, Pizza und Nudelsalat vollgestopft haben.

Selbstverständlich musste für die feierwütige Truppe zwischen den Mahlzeiten ein unterhaltsames Bespaßungsprogramm auf die Beine gestellt werden. Das, wie wir wohl alle noch wissen, in erster Linie aus so nostalgischen Aktivitäten wie Topfschlagen, Sackhüpfen, Blinde Kuh oder Reise nach Jerusalem bestand.

Als man damit irgendwann keines der kleinen Feierbiester mehr hinter dem Ofen hervorlocken konnte, ging es schon mal auf die Kegelbahn, in die Eisdiele oder in eine weltbekannte Imbisskette, die mit flachgeklopften Bouletten zwischen zwei weichen Brötchenhälften sowie mit Pommes und Cola Milliarden verdient. Das Ganze war nicht unbedingt ein Wellness-Tag aber am Ende doch auch immer wieder schön. Und hatte, verglichen mit dem, was heutzutage in Sachen Kindergeburtstag an der Tagesordnung ist, fast schon etwas von einem Ponyhof.

Ich weiß jetzt auch nicht, wie und wann das angefangen hat, aber inzwischen muss in der Regel ein ausgeklügelter Generalstabsplan in der Stärke einer Familienbibel erstellt werden, um für die 6- bis 16jährigen eine adäquate Geburtstags-Gala auf die Beine zu stellen. Die sich in einer Größenordnung bewegt, die der einer Cranger Kirmes, einer Fußball-WM-Fan-Meile oder eines Rock-Festivals am Nürburgring in nichts nachsteht.

Denn so angesagte Locations wie Fußball-Halle, Klettergarten oder Trampolin-Park sind ja im Grunde nur das Basisprogramm zeitgenössischer Geburtstags-Events. Irgendwie nett und spannend, aber trotzdem noch lange nicht der ultimative Oberhammer. Denn da ist noch verdammt viel Luft nach oben, und wenn man seinen Kurzen mal so richtig was gönnen möchte, sollte es schon eine zünftige Dino-, Piraten- oder Meerjungfrau-Party sein, die sich mit Kinderschmink- und Luftballonknet-Animateuren adäquat aufpeppen lässt. Man gönnt sich und dem Nachwuchs ja schließlich sonst nichts. Und womöglich gegen die Bombast-Feierlichkeiten anderer verwöhnter Kröten abzukacken ist sowas von NO GO, das geht ja nun mal überhaupt nicht.

Im Gegenteil! Da empfiehlt es sich doch eher, nochmal eine gehörige Schippe draufzupacken. So wie ein zünftiges mittelalterliches Gauklerfest für Klein-Torsten. Mit Clowns, Riesenrad, Rittern und Feuerschluckern. Oder eine stilechte Top-Model-Party für Hannilein.

Mit Catwalk, DJ und Makeup-Artist, der mal eben von Klümchens Heidi vorbeigeschickt wurde. Und weil das Ganze in etwa so viel gekostet hat wie ein gebrauchter Mittelklasse-Wagen, hat sich Hannileins Mama kurzerhand entschlossen, von den 50 eingeladenen Partymäusen ganz einfach Eintritt zu nehmen. Also, alles was recht ist, aber darauf muss man auch erstmal kommen. Hört sich aber nach einem Geschäftsmodell an, mit dem man sich durchaus näher beschäftigen sollte.

Wobei ich zugeben muss, dass ich mit dieser Empfehlung im Grunde schon viel zu spät dran bin. Denn es ist längst ein gewaltiges Partygewerbe unterwegs auf diesem Planeten. Firmen, die Namen tragen wie Feiermonster, Partycrasher, Großkotzkids oder so ähnlich. Die organisieren unter dem Motto Hüpfburg statt Sackhüpfen jede noch so ausgefallene Mottoparty, für die dann auch schon mal mehrere tausend Euronen auf den Tisch des Hauses zu blättern sind. Und die sich trotzdem vor Aufträgen nicht retten können.

Böse Zungen behaupten gar, für das Geburtstagsevent des eigenen Nachwuchses würden ehrgeizige Erziehungsberechtigte notfalls auch den Familien-SUV verpfänden. Hauptsache, die kleinen Feierwütigen kommen auf ihre Kosten. Denn erst dann ist die Welt für Mami und Papi in Ordnung. Die sich endlich selbstzufrieden zurücklehnen können, um voller Glückseligkeit festzustellen: „Alles richtig gemacht!"

Aber bevor an dieser Stelle allzu viel Euphorie aufkommt, muss ich doch warnend den Finger heben. Denn es könnte jederzeit passieren, dass Heiner oder Heidi inmitten des ganzen Glamours und Geräte-Overkills die unschuldige Frage stellen: „Warum machen wir eigentlich keine Schnitzeljagd?"

Und Zack, schon ist es hin, das wohlige Glücksgefühl, weil die monströse Kulisse auf einen Schlag zusammengekracht ist wie das berühmte Kartenhaus. Und man fragt sich entgeistert, wozu man all die Opfer gebracht hat für diese undankbaren Kinder. Vor allem aber, wie man am schnellsten den SUV wieder ausgelöst bekommt. Aber das ist dann doch wieder ein ganz anderes Thema.

■ ■ ■

Wiedersehen macht Freude

Sicher kennen Sie das auch: Man ist zu einer Feier eingeladen, sagen wir mal zum Geburtstag, zum Jubiläum oder zur erfolgreichen Abschlussprüfung des Neffen nach 29 Semestern an der Uni. Und da will man natürlich nicht mit leeren Händen aufkreuzen. Was bedeutet, es bedarf eines adäquaten Geschenks, mit dem man sich im Kreise der Feiernden nicht bis auf die Knochen blamiert.

Nun ist das leichter gesagt als in die Tat umgesetzt. Denn zum einen ist die Auswahl zwar riesengroß, andrerseits will man aber auch nichts falsch machen. Schließlich soll das Präsent dem Beschenkten Freude machen und nicht unnötigen Ärger verursachen.

Die entscheidende Frage ist also: Was packt man in das geschmackvolle Geschenkpapier, um es anschließend mit gutem Gewissen auf dem Gabentisch zu platzieren? Ja, da ist guter Rat definitiv teuer.

Aber genau in diesem Moment der Unschlüssigkeit betritt die geliebte Ehefrau die Szenerie mit den Worten: „Immer mit der Ruhe, das haben wir gleich." Das hört man natürlich gern, weiß man sich doch zum einen nicht allein mit seinen Sorgen und hat zum anderen umgehend die Gewissheit, dass das Problem im Handumdrehen keines mehr sein wird.

Sie macht dann allerdings einen Vorschlag, der unsereinen nicht unbedingt vom Hocker haut: „Lass uns doch diese Flasche mit dem teuren Champagner nehmen, der im Weinkeller im Regal liegt." Sicher, könnte man so machen. Aber wollten wir uns das edle Tröpfchen nicht mal bei einem ganz besonderen Anlass gönnen? Hochzeitstag zum Beispiel oder wenn es uns gelungen ist, den gut gefüllten Lotto Jackpot endlich zu knacken?

Aber bevor sich diese Bedenken allzu massiv im Hinterkopf einnisten können, meldet sich noch einmal meine bessere Hälfte zu Wort. „Nun mach dir darüber mal keine Gedanken. Denn ich bin mir sicher, dass wir auf das Gönnen und Anstoßen nicht werden verzichten müssen."

„Wie das?" frag ich mich im Stillen, doch während ich noch an ihrer zuversichtlichen Aussage zweifele, fährt sie schon mit ihrer Erklärung fort: „Erinnerst du dich noch an die Blumenvase, die wir Tante Emma zum 70. geschenkt haben? Dann weißt du vielleicht auch, dass die ein Jahr später wieder unter unserem Weihnachtsbaum gelegen hat. Als milde Gabe von deinem Chef, der, wie man hörte, das Teil seinerseits von einem Nachbarn gekriegt hatte. Der wiederum der Lover von Nichte Hannelore war, die ja nun unbestreitbar die Tochter von Tante Emma ist."

Ja, doch, daran kann ich mich tatsächlich noch gut erinnern. Wir waren seinerzeit wieder einmal äußerst erstaunt darüber, wie zuverlässig, aber auch unheimlich dieses Phänomen des perfekten Geschenke-Kreislaufs immer wieder funktioniert.

„Siehst du", fährt sie gut gelaunt fort, „und deshalb wette ich mit dir, es dauert keine sechs Monate und die Pulle steht wieder bei uns auf dem Tisch. Und ich verspreche dir, dann werden wir gemeinsam mit dem Schampus anstoßen. Auf was auch immer. Und sei es nur, weil er wieder wohlbehalten zu uns zurückgefunden hat."

■ ■ ■

Neulich in der Bäckerei

Der Mensch lebt nicht vom Brot allein. So steht es schon in der Bibel. Als muss es auch stimmen. Und es ist ja beileibe kein Geheimnis, dass es auf dieser Welt eine Vielzahl weiterer Köstlichkeiten gibt, die wir nur allzu gern in unseren Speiseplan aufnehmen.

Andrerseits, und da sage ich Ihnen sicher nichts neues, ist vieles auch nichts ohne Brot. Und sei es, dass man es als willkommene Unterlage für Emmentaler Käse, Schwarzwälder Schinken, Magerquark oder eine kräftige Portion Zwiebelmett benötigt.

Nun kann man das Brot seiner Wahl selbstverständlich in Plastikfolie eingepackt in jedem Supermarkt erwerben. Man kann aber auch, falls einem bei Frische, Duft und Geschmack das Herz aufgeht, sein Bauern-, Röst- oder Kürbiskernbrot in der Bäckerei kaufen. In der es auch nach Kirschstreusel, Donauwelle oder Nussecken duftet und Handarbeit noch Trumpf ist. Und wo der Kunde, das soll nicht unerwähnt bleiben, noch wie ein König behandelt wird.

Da macht selbstverständlich die Bäckerei meines Vertrauens keine Ausnahme. In der eine resolute, aber stets freundliche Bäckereifachverkäuferin soeben einen Kunden bedient, der unmittelbar vor mir in der Schlange steht.

„Guten Morgen, was kann ich für Sie tun?"
„Ich hätte gern ein Kürbiskernbrot."
„Oh, das tut mir leid, aber Kürbiskern hab ich heute nicht da."
„Nicht? Das ist aber blöd."
„Aber Sonnenblumenkernbrot, das könnte ich Ihnen geben."
„Ach nein, das mögen wir nicht so."
„Wir hätten da noch unser leckeres Weltmeisterbrot mit Dinkel drin ..."
„...ja, das würde ich nehmen ..."
„.. äh, ich war noch nicht fertig. Wollte sagen, hätten wir heute Morgen noch gehabt. Jetzt isses leider alle."
„Mmhh, das ist ärgerlich. Und was ist mit dem da vorne?"

„ Oh ja, das ist unser Möhrenbrot, auch sehr lecker."

„Im Ernst. Gemüse im Brot? Was es nicht alles gibt."

„Wird aber sehr gern genommen."

„Aber nicht von mir! Dann nehm ich doch lieber Brötchen."

„Und wieviele? Ich frag nur wegen der Tüte."

„Wegen der Tüte?"

„Na ja, ob ich eine kleine oder eine große brauche."

„Nehmen Sie eine große. Und geben Sie mir bitte zehn Brötchen."

„Normal oder Körner?"

„Sowohl als auch. Fifty-fifty, also fünf normale und fünf mit Körnern."

„Ich weiß, was fifty-fifty ist. Nehmen Sie die normalen als spitze oder runde?"

„Drei spitze und zwei runde."

„Okay."

„Oder nein, vielleicht besser drei runde und zwei spitze."

„Wie Sie meinen. Und die Körnerbrötchen?"

„Zwei Mehrkorn, zwei Kürbiskern und ein Sesam."

„Sesam ist aus.

Vielleicht doch eins mit Sonnenblumenkernen?"

„Nein, Sonnenblume immer noch nicht."

„Oder vielleicht Mohn?"

„Um Himmels Willen, bloß nicht Mohn! Diese kleinen schwarzen Körnchen hängen einem den ganzen Tag zwischen den Zähnen. Dann lieber zwei Mehrkorn und drei Kürbiskern."

„Gerne."

„Oder warten Sie, lieber zwei Mehrkorn und zwei Kürbiskern. Und dann nehmen Sie bitte ein normales spitzes wieder raus und geben mir dafür zwei Roggenbrötchen."

„Kein Problem, Sie sind der Kunde.“

„Ich seh da gerade, Sie haben auch Laugenstangen.“

„Ja, stellen Sie sich mal vor, die haben wir.“

„Dann nehm ich für ein spitzes lieber noch eine Laugenstange.“

„Ganz wie Sie wünschen. Wär's das dann?“

„Nein, nein, ich hätte gern auch noch Kuchen.“

„Selbstverständlich. Wie viele Stücke?“

„Fragen Sie wegen der Größe der Tüte?“

„Nein, wegen der Größe der Kuchenpappe.“

„Ach so. Geben Sie mir bitte fünf Teile.“

„Und was darf es sein?“

„Lassen Sie mich mal sehen. Ist das da Bienenstich?“

„Ja, in der Tat, das ist Bienenstich.“

„Gut, dann nehm ich zwei davon. Und zweimal Kirsch-Streusel.“

„Mit oder ohne Sahne?“

„Eins mit und eins ohne.“

„Gut, jetzt fehlt noch eins.“

„Was ist denn das da, mit den roten Beeren obendrauf?“

„Das ist eine Mascaroneschnitte mit Himbeeren.“

„Ist das sehr fettig?“

„Nun ja, Mascarpone ist halt kein Magerquark.“

„Trotzdem, eins kann ich mir erlauben.“

„Also pack ich das noch mit drauf.“

„Ja, bitte tun Sie das.“

„Dann wären wir damit fertig, oder?“

„Ja, oder nein, warten Sie, das da mit der Sahne und den Schokoraspeln, was ist das?“

„Das ist eine Herrenschnitte. Da ist auch noch Alkohol drin.“

„So, so, Alkohol, och Gott ja, warum eigentlich nicht?“

„Also nehmen Sie eine?"

„Ja."

„Dann hätten wir insgesamt sechs, da muss ich eine andere Tortenpappe nehmen."

„Nein warten Sie, nehmen Sie einfach einen Bienenstich wieder herunter."

„Wenn Sie das so möchten."

„Ja, oder nee, lieber ein Kirschteilchen. Vielleicht das mit der Sahne?"

„Das geht ja nun mal gar nicht. Kann ja nicht die Sahne für den nächsten Kunden wieder runterkratzen."

„Na gut, dann nehmen Sie halt das andere."

„Gut, ist weg."

„Nein, halt, ich würd dann doch sechs Stücke nehmen. Meine Schwiegermutter kommt ja auch mit, hatte ich ganz vergessen."

„Und die kriegt dann die Herrenschnitte?"

„Wo denken Sie hin. Die ess ich dann schon selbst."

„Gut, dann packe ich jetzt die sechs Teilchen auf eine entsprechend große Pappe."

„Ja, gut, sehr gut. Ich würd dann auch gern bezahlen."

„Sind Sie sicher, dass Sie jetzt alles haben?"

„Ja, ja, kein Problem."

„Das macht dann …"

„Eine Frage noch, das da mit den Mandeln, ist das ein Hefekranz?"

„Ja, ein Hefekranz mit Marzipan und Mandeln."

„Kann man da auch nur eine Hälfte von haben?"

„Kann man auch."

„Viertel aber nicht?"

„Nein, Viertel nicht."

„Gut, dann nehme ich noch einen halben Kranz."

„Selbstverständlich. Pack ich Ihnen dann noch

dazu."

„Sagen Sie, die Muffins sehen aber auch lecker aus."

„Ja, das tun sie. Lieber einen Muffin statt des halben Kranzes?"

„Nein, nein, den nehme ich schon, aber ich überlege gerade noch…"

„… ob es den Muffin auch als halben gibt?"

„Ach, Sie sind wirklich ein Schatz. Das hätte ich mich nämlich gar nicht zu fragen getraut…."

■ ■ ◾

Der ewige Dank

Man hört und liest ja immer wieder, es gäbe keine Dankbarkeit mehr auf dieser Welt. Und dass der Egoismus kein Nachwuchsproblem habe, weil jeder nur noch an sich selbst denkt. Okay, das ist sicher nicht so ganz verkehrt. Und jeder von uns mag Menschen kennen, auf die diese Behauptung passt wie die berühmte Faust auf das nicht weniger berühmte Auge.

Doch das ist jetzt kein Grund, möglicherweise in tiefste Depression zu verfallen. Denn ich kann Ihnen versichern, dass es sie noch gibt, diese Prachtexemplare, denen Dankbarkeit über alles geht. Die nicht ständig an sich sondern viel lieber an andere denken.

Einer von denen ist der Waldemar Püschel, dem bei uns im Ort dieser Süßwarenhandel gehört. Jetzt nicht so eine kleine Klümpchenbude, sondern schon was richtig

Großes. Jedenfalls hat der Püschel, wie man gehört hat, exakt 100 von diesen leckeren gefüllten Edelbömskes an die Firma Bachmann geschickt, weil die kürzlich ihr Hundertjähriges hat feiern können. Nun weiß ich ja nicht, ob Sie Bachmann kennen oder sich von denen schon mal was hinter die Binde gekippt haben. Wenn nicht, müssen Sie wissen, dass seine Schnapsfabrik seit jeher die halbe Region mit diversen hochprozentigen Erzeugnissen beliefert und deshalb an so mancher Leberzirrhose nicht ganz schuldlos ist. Und so etwas kann ja oft auf Lebenszeit verbinden.

Jetzt war die Firma hundert Jahre alt geworden und hatte, wie sich das gehört, dafür reichlich Glückwünsche und Geschenke eingestrichen. Darunter eben auch die 100 edlen Bömskes von Püschel. Und weil der alte Bachmann ebenfalls ein dankbarer Mensch ist, hat er an alle, die ihm gutgemeinte Zuwendungen zugedacht haben, einen zu Herzen gehenden Dankesbrief schicken lassen. Von denen natürlich auch der Püschel einen abgekriegt hat.

Nun hatte ich ja bereits erwähnt, dass Püschel eine mindestens ebenso dankbare Seele ist wie der Kollege Bachmann. Deshalb wird es Sie vielleicht nicht verwundern, dass er einfach nicht anders konnte, als sich umgehend für den Dankesbrief zu bedanken. Auch wenn man es nicht unbedingt verstehen muss. Egal. Er hielt eine Zehn-Pfund-Packung Pfefferminztaler zu diesem Zwecke für angemessen, die er samt einer nett gemeinten Karte mit Hilfe eines weltbekannten Zustelldienstes auf den Weg bringen ließ.

Als nun der DHL-Mann dem Bachmann das Paket in die Hand drückt, fragt er sich erstmal, woher der Püschel wohl weiß, dass er total verrückt nach Süßigkeiten ist. Die kommen bei ihm fast noch vor seinen eigenen Spirituosen. Ich meine, man sieht das bei ihm auch mehr als deutlich, selbst wenn er immer so weitgeschnittene Anzüge trägt.

Wie auch immer, die Familie Bachmann wirft sich erstmal drei Wochen lang diese kleinen runden Dinger ein, und da sie wirklich nach mehr schmecken, beschließt Adalbert Bachmann, sich erneut beim Absender zu bedanken. Er verdonnert seinen Werbechef, einen gefälligen Brief aufzusetzen und fünf Pullen vom Armagnac De Luxe dazu zu packen. Den lässt er dann zusammen mit den dankbaren Zeilen bei Püschel zu Hause abgeben.

Dem läuft angesichts der gehaltvollen Fläschchen spontan das Wasser im Mund zusammen, aber es passt ihm überhaupt nicht in den Kram, dass Bachmann sich offenbar verpflichtet fühlt. Zumal der Wert des Hochprozentigen den seiner Pfefferminztaler bei weitem übertrifft.

Andrerseits, wem nützt es, wenn er sich aufregt? Geht schließlich nur auf den Blutdruck und an das schwache Herz. Also gönnt er sich erstmal ein paar Tässchen von dem Zeugs und bunkert den Rest im Keller. Danach beginnt er sich Gedanken zu machen, wie er sich denn wohl gebührend revanchieren könne, und nach längerer Überlegung fällt seine Wahl auf edle Tropfen in diesen Nussschokoladehäufchen, die schließlich immer wieder gern gegessen werden. Außerdem passen die zu einem Schnapsfabrikanten wie die Faust aufs Auge. Also lässt er fünfzig Packungen davon an Bachmann schicken und vergisst selbstverständlich nicht, in einer Dankbotschaft den Weinbrand mit wohlformulierten Worten über den grünen Klee zu loben.

Nun ist Bachmann ja einiges gewohnt, aber er muss doch erstmal kräftig schlucken, als das Monsterpaket in seinem Büro abgegeben wird. Dann beginnt es tief in seinem Inneren zu rumoren und er denkt verzweifelt: „Herrgott noch mal, gibt denn dieser Püschel überhaupt keine Ruhe? Muss er jede noch so gutgemeinte Geste mit seinen übertriebenen Präsenten geradezu erdrücken? Außerdem ist der Ignorant offenbar damit überfordert, ausgewählten Armagnac von ordinärem Weinbrand zu unterscheiden. Was für ein elender Prolet!" Doch dann beschließt er, erst einmal Ruhe zu bewahren. Irgendetwas wird ihm dann schon einfallen.

Also mampft er wochenlang Berge von alkoholisierten Nusspralinen, greift sich zwischendurch immer mal wieder eine von diesen Pfefferminzbonbons, die langsam einen seltsamen Geschmack annehmen, wirft zwischendurch die eine oder andere Pille gegen Sodbrennen ein und nimmt dabei fünf Kilo zu.

Dann holt er mit den Worten: „Na warte, Püschel, dir wird ich's zeigen!", zum ultimativen Gegenschlag aus. Er lässt von einer Spedition eine Palette italienischen Amaretto in Richtung der Püschelschen Behausung abtransportieren und hofft inständig, das Problem ein für alle Mal vom Hals zu haben.

Püschel steht entgeistert vor dieser Batterie von Mandellikörflaschen und gerät auf die Schnelle in Schnappatmung wie eine frisch geangelte Bachforelle. Ja, Teufel noch eins, will dieser verdammte Bachmann ihn fertig machen, ihn und seine Frau in den Alkoholismus oder gar in den Wahnsinn treiben? Er hat es doch nur gut gemeint, und jetzt kriegt er von diesem Angeber Likörpullen für die nächsten drei Jahre. Und dann noch dieses süße Gesöff, das selbst er als Süßigkeitengroßhändler ums Verrecken nicht ausstehen kann.

Nach knapp einen Monat hat er sich endlich von dem Schock erholt und ist wieder im Angriffsmodus: „Pass gut auf, mein lieber Bachmann, so schnell gibt ein Püschel nicht klein bei. Das wäre ja noch schöner!"

Nun ist ja gerade Sommer, da sollten diese beliebten Kokospralinen mit der weißen Mandel drin doch gerade passend sein. Stichwort: Karibik, Sonne, Urlaubsfeeling. Und weil er sich nicht lumpen lassen will, packen seine Leute die Ladefläche eines Kleintransporters picke packe voll, so dass der Fahrer gut zu tun hat, bis die komplette Fracht vor Bachmanns Haustür abgeladen ist.

Dann kniet Püschel nieder und beginnt zu beten: „Lieber Gott, bitte lass diesen lästigen Patron endlich Ruhe geben. Lass ihn meinetwegen einen Wutanfall kriegen oder Hautausschlag oder eine Herzattacke. Hauptsache, diese Tauschgeschäfte hören endlich auf. Amen."

Doch wie wir alle wissen, ist das Leben kein Wunschkonzert und sein Flehen wird nicht erhört. Bachmann lässt die Kokoskugeln nicht auf sich sitzen und schickt reichlich Baileys für Püschels bessere Hälfte. Dafür gibt es einen Container voll Nussschokolade, den Bachmann seinerseits mit einer Bahnladung Whiskey kontert. Püschel schießt mit Rumkugeln zurück und erhält dafür prompt einen Tankwagen voll Grappa zum Selbstabzapfen.

Die Warenlager der beiden Streithammel verändern nach und nach ihre Bestände. Wo früher Schokoriegel, Geleebananen oder Überraschungseier lagerten, türmen sich jetzt Weinbrand-, Korn- und Champagnerflaschen. Und wo zuvor Sherry, Gin und Magenbitter Platz fanden, häufen sich Cremehütchen, Weingummitüten und Happy-Hippo-Snacks. Das sind die mit den lustigen Knubbeln, damit die viele Milch auch reinpasst. Püschel und Bachmann ordern ganze Schiffsladungen, um sie sogleich an den nervigen Nachbarn weiterzuleiten.

Die gegenseitigen Dankbarkeitsbezeugungen werden zur Plage. Das Zeug muss wieder weg und zwar besser heute als morgen, sonst drohen bald sämtliche Lagerhallen aus den Nähten zu platzen. Außerdem sind sie schließlich Kaufleute und was machen die? Genau, verkaufen! Da spielt es auch keine Rolle, ob nun Schnaps oder Schokoriegel.

So dringt Bachmann nach und nach in die Geheimnisse des Süßwarenhandels ein, während Püschel sich mit Hingabe dem Spirituosenverkauf widmet Darüber vergessen die beiden im Laufe der Zeit tatsächlich ihren Streit, denn sie sind mit ihren neuen und noch ungewohnten Geschäften vollkommen ausgelastet. Bachmann kauft seine Süßigkeiten mittlerweile selbst ein und auch Püschel verzeichnet beachtliche Erfolge bei der Schnapsherstellung.

Man trifft sich wieder am Unternehmerstammtisch und spielt auch schon mal eine Runde Golf miteinander. Es ist beinahe wie früher.

Doch dann kommt er, der Moment, an dem Püschel Firmenjubiläum feiert. Es versteht sich von selbst, dass dieses überaus freudige Ereignis begeistert gefeiert wird. Schließlich beliefert die Firma inzwischen die halbe Region mit Hochprozentigem aller Art und hat damit auch die Zuständigkeit für Leberzirrhosen übernommen, was – wie wir ja wissen – lebenslang verbinden kann. Auch Bachmann kommt beim besten Willen nicht umhin, angemessen und mit süßem Gruß zu gratulieren.

Als die grandiosen Feierlichkeiten endlich ein Ende gefunden haben, hält Bachmann eine von Püschels Werbeagentur entworfene Danksagung in den Händen, die ihm spontan Tränen der Rührung in die Augen treibt. Und weil er nun mal nicht aus seiner Haut kann, ruft er nach seiner Sekretärin und diktiert ihr folgenden Brief:

„Verehrter Püschel, Ausrufezeichen, mit Freude vernahm ich soeben, wie gut unsere bescheidene Aufmerksamkeit anlässlich Ihres geschätzten Jubiläums bei Ihnen aufgenommen wurde. Nehmen Sie deshalb zum Zeichen unserer Verbundenheit..."

Und wenn Sie nicht gestorben sind, dann danken sie noch heute!

Das ist nicht lustig

Es hatte sicher seinen Grund, dass der liebe Gott dem Moses einst auf dem Berg Sinai die 10 Gebote diktiert hat. Und trotzdem verwette ich meinen Allerwertesten darauf, dass die wenigsten unter uns diese noch fehlerfrei herunterbeten können. Darum möchte ich Ihnen heute wenigstens das eine noch mal ganz schwer ans Herz legen: Du sollst Vater und Mutter ehren!

Jetzt sagen Sie nicht: Aber das ist doch selbstverständlich! Ja, schön wär's. Denn ich hatte gerade erst wieder Erlebnisse, die leider genau das Gegenteil beweisen.

Da seh ich nämlich kürzlich in einer dieser Talkshows, in denen man ja so manches erfährt, was man sich vorher nicht hätte träumen lassen, einen von diesen Humorbolzen, die man heutzutage so gern als Comedians bezeichnet. Und der entblödet sich doch tatsächlich nicht, seinen Pappa nach allen Regeln der Kunst zum Deppen zu machen. Erzählt ungeniert davon, wie dämlich der sich anstellt, wenn es zum Beispiel darum gehe, einen Computer zu bedienen. So soll er ihn, also den Sohn, doch tatsächlich dazu aufgefordert haben: „Kannste nicht mal gucken, ob dein Internetz noch geht? Meins funktioniert nämlich gerade nicht."

Und damit nicht genug. Als es nötig war, ein neues Betriebssystem zu installieren, habe er ernsthaft überlegt, gleich zweimal Windows 10 auf den Rechner zu packen. Begründung: „Dann habe ich doch Windows 20, ist das nicht prima?" Schließlich wären zwei 20-Watt-Akkus im Rasenmäher zusammen ja auch 40 Watt.

Oder er hat, als er einen USB-Stick aufladen wollte, diesen per Netzstecker des Handy-Ladegeräts direkt an die Steckdose angeschlossen. Was natürlich, wir können es uns denken, keine so gute Idee war.

Ich meine, ob das jetzt alles so stimmt oder nicht, es ist durch diese Fernsehsendung auf alle Fälle erstmal in der Welt. Und nicht nur deshalb, denn der undankbare Bengel hat ja das alles und noch viel mehr auch noch in einem Buch veröffentlicht. Für das er jetzt in dieser Sendung natürlich kräftig Reklame macht. Also, ich finde das einfach unerhört und beschließe, den Sender zu wechseln. Soll er doch sein Buch anpreisen, wo und wem er will. Mir jedenfalls nicht!

Aber, wie wir alle wissen, gibt es bei bestimmten Dingen einfach kein Entrinnen. Denn beim Weiterzappen lande ich augenblicklich in der nächsten Talkshow, die gerade am Freitagabend ganz offensichtlich Hochkonjunktur haben. Und hier kriegt sich gerade eine Rheinische Schnellsprech-Laberbirne vor lauter Lachen nicht mehr ein. Weil er soeben von den WhatsApp-Problemen seiner Mutter berichtet. Die dem Vernehmen nach aufgrund tiefgreifender Legasthenie die seltsamsten Nachrichten in die Welt raushaut. Und diese gesammelten Werke gibt er just in diesem Moment in launiger Runde zum Besten.

Er hat damit zwar anscheinend kein Buch gefüllt, diese Gags dafür aber in sein Bühnenprogramm eingearbeitet. Was die Sache ja nun mal um keinen Deut besser macht.

Und dann hat er doch tatsächlich rein zufällig ein paar Tafeln dabei, auf denen er die Nachrichten von Frau Mama peinlichst genau notiert hat. Und das liest sich dann zum Beispiel so: „Lienen Wohn, wir gehz ed dir. Frafeteichen." Was, wie er umgehend unter dem albernen Gelächter der Runde übersetzt, so viel heißen soll wie: „Lieber Sohn, wie geht es dir?" Und „Frafeteichen" hätte sie geschrieben, weil sie eigentlich Fragezeichen hätte schreiben wollen. Und das auch nur wieder deshalb, weil sie das Fragezeichen auf der Tastatur nicht habe finden können.

Ich kann nicht glauben, was ich da gerade höre. Sicher, wer von uns kennt das nicht, wenn er mit diesen Minitasten, die ja gar keine Tasten mehr sind, sondern Millimeter große Felder, von denen man mit der Spitze des Zeigefinders mindestens gleich vier gleichzeitig erwischt, etwas schreiben möchte. Und wenn man dieses automatische Textprogramm nicht eingeschaltet hat, können da schon mal die seltsamsten Wortschöpfungen bei rauskommen. Obwohl, mal ehrlich, selbst mit dem Programm ist man doch vor Überraschungen nicht gefeit. Schließlich kommen da auch mitunter Wörter und Sätze bei heraus, die man im Leben nicht wollte. Und bei denen, wenn man's halt nicht merkt und das Ganze einfach abschickt, der Empfänger denkt, man hätte total einen an der Klatsche.

Wie auch immer, diese Witzpille ledert jedenfalls weiter ab und hält eine zweite Pappe in die Kamera, auf der steht: „Lieben Dohn, ust es waht, fass du am woxhenemde tu ums jommst. Fargezeigen." Soll natürlich heißen: „Lieber Sohn, ist es wahr, dass du am Wochenende zu uns kommst. Fragezeichen." Denn wo das zu finden ist, hat Mama angeblich immer noch nicht herausgefunden. Dabei betont er mehrfach, während sich die Bande um ihn herum vor Kreischen krümmt: „Is wirklich alles wahr, ehrlich, is wirklich alles genau so passiert."

Ja, nee, is klar, wer's glaubt wird selig. Und wer nicht, kommt auch in den Himmel. So blöd kann selbst die Mutter, die diesen Kasper auf die Welt gebracht hat, ganz einfach nicht sein, um so einen Blödsinn in die Welt zu posten. Doch er setzt tatsächlich noch einen drauf. Mit einer dritten Pappe, auf der steht: „Hertloche Urkaubsgrisse aus Gambirg. Wir simt in eiben schixken Testazamt, wo mam lexket esseb kann. Wolken gleuxh mit einen Schidd fahlen. Luss Mams." Was er nun wiederum übersetzt mit: „Herzliche Urlaubsgrüße aus Hamburg. Wir sind in einem schicken Restaurant, wo man lecker essen kann. Wollen gleich mit einem Schiff fahren. Kuss Mama."

Na ja, wirklich überraschen kann einen ja nun gar nichts mehr. Gleich wird er uns auch noch weismachen wollen, dass im Himmel Jahrmarkt wäre und Petrus mit dem Lieben Gott Achterbahn fährt. Leute wie der schrecken nämlich vor nix zurück. Schließlich leben die Burschen von der Witzfront ständig nach dem Motto: Lieber einen guten Freund verlieren als einen guten Gag. Selbst wenn der gute Freund in diesem Falle die eigene Mutter ist.

Ob der Heiopei aber überhaupt mal darüber nachgedacht hat, was wäre, wenn die Frau Mama den Spieß ganz einfach mal umdrehen täte? Wenn die mal seine alten Schulhefte hervorholte und vor laufender Kamera zum Besten gäbe. Mit den drei dicken roten Balken dran und dem Hinweis: Thema verfehlt, sechs, Versetzung gefährdet! Oder mal die Bilder aus dem Kindergarten oder einen Super 8-Film mit dem ersten Gebrabbel von Klein-Ralfi. Oder, noch schlimmer, was der Herr Sohn nach einer durchzechten Nacht so alles in die Welt hinaus lallt. Angezogen mit zwei unterschiedlichen Socken und die Unterbuxe verkehrt herum an. Mit dem Ralleystreifen außen. Ach nee, lassen wir das, sowas will ich mir gar nicht erst vorstellen.

Jedenfalls gäbe es da sicher massenhaft Belege für die Peinlichkeiten dieses Komikers für Minderbemittelte. Und von denen, da verwette ich glatt mein Handy samt Textprogramm, würde er garantiert nicht mal einen Brief-markengroßen Zettel in einer Talkshow in die Kamera halten. Könnte ja einer über ihn und seine Dusseligkeit lachen. Und das ist nun mal garantiert das Letzte, was diese Mischpoke ertragen kann. Denn schließlich, und das wissen wir doch alle, hat gerade der Spaß irgendwo auch seine Grenzen.

■ ■ ■

Nicht konform mit der Norm

Es wird ja immer wieder geschwärmt von diesen Ge-schichten, wie sie nur das Leben schreibt. Die sich kein schreibender Mensch so oder so ähnlich ausdenken könnte. Und ich muss zugeben, da ist oftmals schon viel Wahres dran. Lebe ich als Autor doch selbst davon, meine Themen häufig gleichsam auf der Straße zu finden, von wo ich sie nur noch aufheben und niederschreiben muss.

Den folgenden Text hätte ich allerdings niemals so schreiben können, wie er jetzt in diesem Buch steht. Und zwar wortwörtlich übernommen vom Original. Das, daran kann es ganz einfach keine Zweifel geben, Realsatire in Vollendung ist. Aber lesen Sie selbst:

Maße Ihrer Din A 4-Blätter

Sehr geehrte Damen und Herren,

bezüglich der Kontoänderung von Giro direkt zu Giro Light haben Sie mich schriftlich benachrichtigt. Zufällig ist mir dabei aufgefallen, dass die Maße des Schreibens nicht der DIN Norm entsprechen.

Das Schreiben war ca. zwei Millimeter breiter als ein normales DIN A4-Blatt. Eigentlich ist das nicht schlimm, jedoch passte es nicht in eine normale Prospekthülle. Ich habe es dann schmaler geschnitten, so dass es in eine normale Prospekthülle passt, was ich nicht so schlimm fand.

Um aber eine absolute Kundenzufriedenheit aller Kunden zu garantieren, rate ich Ihnen, nur normgerechte A4-Blätter zu verwenden und gegebenenfalls alle nicht normgerechten A4-Blätter beim Hersteller umzutauschen, denn die Maße sind ja durch eine Norm festgelegt.

Ein Kunde könnte zum Beispiel denken, wie peinlich, die Sparbank schafft es nicht, normgerechte A4-Blätter zu verwenden. Ich selbst bin seit ca. 14 Jahren zufriedener Kunde bei Ihnen und werde die Sache als einen technischen Fehler ansehen.

Sie könnten ja, falls dies noch nicht der Fall ist, jemanden beauftragen, direkt beim Hersteller regelmäßig Kontrollen durchzuführen, was die Maße Ihrer zu verwendenden Blätter betrifft, denn ca. zwei Millimeter Unterschied fallen ja mit bloßem Auge nicht unbedingt sofort auf. Falls Sie feststellen, dass wirklich die Maße Ihrer Blätter nicht stimmen, wäre es natürlich angebracht, die Sparbanken anderer Städte ebenfalls zu benachrichtigen.

Ich wünsche Ihnen auf jeden Fall weiterhin viel Erfolg.

Mit freundlichen Grüßen

■ ■ ■

Der Absacker

Nach getaner Arbeit ist es durchaus üblich, sich einen kleinen bis größeren Absacker zu gönnen. Sie haben bis hierher durchgehalten, also haben auch Sie sich einen solchen verdient.

Das folgende Gedicht (ja, ja, reimen kann er auch ;-) entstammt dem Programm *Es ist angerichtet,* das ich mit meinem DuoLit-Kollegen Helmut Peters seit Jahren in den Restaurants der Umgebung zum Besten gebe. Suchen Sie sich zum Abschluss Ihren bevorzugten Drink heraus. Die Auswahl ist ohne Zweifel groß genug.

Das Gelage von Bad Reiherstein

Im Festzelt von Bad Reiherstein
da treffen sich zur Partytime
einige Herrn vom alten Schlage
mit ihren Fraun zum Saufgelage

Herr Doornkaat ist sehr gern dabei
und auch Frau Ouzo ist so frei.
Jim Beam, der greift beherzt zum Glas,
und auch Frau Gin hat ihren Spaß.

Herr Whisky und Frau Aquavit,
die mischen beide gerne mit
Herr Kümmel und Frau Cointreau,
die amüsiern sich sowieso.

Auch die Herren Pils und Wein
sagen da nicht gerne „nein"
So dass sie bald, wie Frau Absinth,
nicht mehr so ganz nüchtern sind.

Auch Frau Tequila haut's vom Hocker,
Herr Magenbitter macht sich locker.
Beim Flirten mit Herrn Jägermeister
wird Frau Campari immer dreister.

Es lallt Frau Pfefferminzlikör,
das Aufstehn fällt Herrn Wodka schwer.
Frau Grappa, die nicht schüchtern ist,
stößt mehrfach an mit Williams Christ.

Dem Doppelkorn ist nichts mehr klar,
vernebelt sitzt Frau Schampus da.
Frau Underberg zieht sich schon aus,
Herr Asbach, der sieht uralt aus.

Herrn Calvados ist nicht mehr wohl,
genauso geht's Frau Aperol.
Es falln die Herrn Bacardi-Rum
und Ramazotti zeitgleich um.

Die Damen Saft und Limonade
kommen erst spät, was eigentlich schade,
kopfschüttelnd stehn sie an den Tischen,
sie trinken nicht, sie müssen wischen!

Wilfried Besser

Geboren 1951 in Hildesheim,
lebt seit 1984 in Recklinghausen,
verheiratet, zwei Kinder, zwei Enkel.

Mitglied der Neuen Literarischen Gesellschaft Recklinghausen
(NLGR), Mitglied des DuoLit, Recklinghausen.

2003 und 2014 ausgezeichnet mit der Vestischen Literatureule,
2009 Platz 1 beim Gedichtwettbewerb
    „Das Rathaus, ein Gedicht", RE ,
2010 Sieger beim „Zweiklang-Wettbewerb"
    von Deichradio Schwanenwede.

Neben den bislang vorliegenden fünf Aphorismenbänden sowie
zwei Büchern mit Satiren zahlreiche Veröffentlichungen in Antho-
logien, Kalendern, Zeitschriften sowie auf CD und Postkarten.

Kontakt: E- Mail: wilfried.besser@gmail.com

Besuchen Sie mich auch auf im Internet unter
 www.trio-lit-im-vest.de

Bislang von Wilfried Besser erschienen

„Was ist schon die Realität gegen die Wirklichkeit?"
Aphorismen und Gedichte, 2000, Verlag Rudolf Winkelmann,
ISBN 3-921052-79-3

„Bis hierher und noch weiter"
Aphorismen und Prosa, 2002, Verlag Rudolf Winkelmann,
ISBN 3-921052-90-4

„Vom Dasein und Hiersein"
Aphorismen und Gedichte, 2005,
Verlag der Buchhandlung Winkelmann,
ISBN 3-938850-03-5

„Über kurz oder lang"
Aphorismen und Kurzprosa, 2010,
Universitätsverlag Brockmeyer, ISBN 978-3-8196-0774-5

„Schichtwechsel – Sichtwechsel"
Aphorismen, 2013,
Universitätsverlag Brockmeyer, ISBN 978-3-8196-0938-1

„Ob Sie's glauben oder nicht"
Geschichten mitten aus dem Leben - Satiren,
Edition Octopus, 2015, ISBN 978-3-95645-9

„Jetzt mal ganz unter uns"
Neue Geschichten mitten aus dem Leben
BoD, 2020, ISBN 978-3-7519-9746-1